講談社文庫

邪宗

交代寄合伊那衆異聞

佐伯泰英

講談社

目次

交代寄合伊那衆異聞

邪宗

◆『邪宗——交代寄合伊那衆異聞』の主要登場人物◆

座《ざ》光寺《こうじ》藤《とう》之《の》助《すけ》為清《ためすが》　信州伊那《いな》谷千四百十三石の直参《じきさん》旗本・交代寄合《こうたいよりあい》座光寺家当主。二十二歳。信濃《しなの》一傳流《いちでんりゅう》の遣《つか》い手。出奔《しゅつぽん》した前当主・左京《さきょう》為清を討ち、成り代わる。

酒井《さかい》栄五《えいご》郎《ろう》　千葉《ちば》周作《しゅうさく》道場で藤之助と同門。長崎海軍伝習所の入所候補生。

一柳《ひとつやなぎ》聖次《せいじ》郎《ろう》　大身旗本の御小姓番頭《おこしょうばんがしら》の次男。海軍伝習所の入所候補生。

能勢《のせ》隈《くま》之《の》助《すけ》　御納戸頭《おなんどがしら》の子。海軍伝習所の入所候補生。聖次郎の朋輩《ほうばい》。

榎本《えのもと》釜次《かまじ》郎《ろう》（武揚《たけあき》）　天文方出仕《てんもんがたしゅつし》の御家人榎本円兵衛《えんべえ》の子。海軍伝習所の入所候補生の一人。

勝麟太《かつりんた》郎《ろう》（海舟《かいしゅう》）　幕臣。海軍伝習所の第一期生。

堀田《ほった》正睦《まさよし》　老中首座。藤之助に長崎行きを命じた。

上田《うえだ》寅吉《とらきち》　豆州戸田湊《ずしゅうへだみなと》の船大工だった。長崎で西洋の造船技術を学ぶ。

滝口《たきぐち》冶《じ》平《へい》　御船手同心《おふなてどうしん》。藤之助一行を長崎まで運んだ幕府御用船江戸丸《えどまる》の主船頭。

利《り》賀《が》崎六三郎《さきろくさぶろう》　佐賀藩千人番所御番衆組頭《せんにんばんしょおばんしゅうくみがしら》。タイ捨流《しゃりゅう》の遣い手。藤之助に道場で敗れる。

椚田《くぬぎだ》太《た》郎次《ろうじ》　長崎江戸町惣町乙名《そうまちおとな》。待ち伏せした利賀崎の藤之助襲撃を目撃する。

宮《く》内桐蔵《ないとうぞう》　小人目付《こびとめつけ》。隠れきりしたん狩りの達人。大和柳生流《やまとやぎゅうりゅう》免許皆伝。

文乃《あやの》　座光寺家江戸屋敷で行儀見習い中の女中。麹町《こうじまち》の武具商甲斐屋《かいや》佑八《すけはち》の娘。

高島玲奈《たかしまれいな》　長崎の有力な商家で町年寄・高島了悦《たかしまりようえつ》の孫娘。射撃や乗馬が得意。

おらん　座光寺家の前当主・左京と大金をくすね出奔した吉原の女郎・瀬《せ》紫《むらさき》。

老陳《ろうちん》　唐人の闇組織・黒蛇頭《くろじやとう》の頭目。

第一章　南蛮剣法

一

肥前《ひぜん》長崎の湊《みなと》を囲む山並みは淡い新緑に染められ、山から海へと薄霞《うすがすみ》が棚引いていた。里の桜の季節は終わっていたが、新緑の斜面に遅咲きの山桜が紅色を加え、新緑と相まって二つの季節が人々の気持ちを高揚させていた。

湾内の海も空の青を映して波も穏やかだった。

唐人町《とうじんちょう》からか、香辛料と異国の酒などが入り交じった匂いが風に乗って漂い、大波戸《おおはと》に立つ座光寺《ざこうじ》藤之助為清《とうのすけためすが》の鼻腔を刺激した。

この匂い、長崎特有のものだ。初めて長崎に来た者の中にはこの匂いにあてられる人間もいた。匂いを受け入れることがまず長崎体験だった。

藤之助は手にしていた藤源次助真《とうげんじすけざね》刃渡り二尺六寸五分を腰に差した。

背後の海軍伝習所から阿蘭陀《オランダ》語の講義が聞こえてきた。そこでは第一期生の勝麟太郎《かつりんたろう》ら幕臣の子弟、大名家の俊英たち百六十余名と第二期生候補の、榎本釜次郎《えのもとかまじろう》、酒井栄五郎《さかいえいごろう》、一柳聖次郎《ひとつやなぎせいじろう》らが必死で勉学に励んでいた。

鎖国政策を保持してきた徳川幕府は亜米利加《アメリカ》国を始めとした列強各国の開国要求、和親条約の締結を強要され、ついに軍事的な威圧に屈したばかりであった。

徳川幕藩体制を保持するためには、

「列強に追い付き、追い越す」

それが至上の命題だった。

長崎に海軍長崎伝習所が長崎奉行所西役所内に開設されたのは昨年、安政《あんせい》二年（一八五五）十月のことだった。

勝麟太郎らが急ぎ招集されて阿蘭陀海軍士官から異国の学問と科学などを学び始めたところだ。

交代寄合《こうたいよりあい》座光寺家の若い当主藤之助は、老中首座の堀田正睦《ほったまさよし》の命で長崎に派遣され、開設されたばかりの海軍伝習所剣術道場の剣術教授方に就《つ》かされた。

わずか数ヵ月前、藤之助は信濃伊那《しなのいな》谷の座光寺家の山吹《やまぶき》領でひたすら剣術の稽古《けいこ》に明け暮れていた。だが、日本を襲う激動の嵐が藤之助に伊那に留まることを許さなかった。

安政の大地震に見舞われた江戸藩邸の見舞いに出て、座光寺家の当主の座に就き、ついには長崎までやってきていた。

わずか半年の間に起こったことだ。

(すべてわれ藤之助が生まれ持った運命)

と考えた若者は、幕府や雄藩の子弟たちが集う剣術道場の教授方を二十二歳の若さで受けた。

海軍伝習所で学ぶ生徒たちのうち勝麟太郎の三十三歳は別格にしてだれもが二十代で異国の文化を吸収しようとしていた。格別藤之助が若いわけではなかったのだ。

異文化を学ぶ海軍伝習所の日課は厳しい。

朝から夕刻まで綱索取扱い、演習、規程、地文学、艦砲術、造船、艦砲演習、操船術、数学、代数、帆操作、物理、化学、医学、分析学、蒸気機関学、騎馬術、歩兵操練、船上操練、一般操練、軍鼓の練習などと複雑多岐にわたって、学んだ。

短期間に習得するには一日じゅう伝習所の教場にいても足りなかった。夜には復習予習が要求された。

習う側が必死なら教える側も真剣だった。幕臣、大名家家臣、陪臣とそれぞれ立場が違い、身分も異なり、各生徒たちへの命令遂行もばらばらで質の揃《そろ》った教育とはほど遠かったのだ。

藤之助が教授方を務める剣術稽古《けいこ》の日課はなかった。だが、異国の学問を学ぶことが厳しければ厳しいほど俊英たちは睡眠時間を削っては早朝稽古に集まり、汗を流し、精神的な抑圧を発散させて再び教場に向った。

藤之助はそんな勝麟らの学問の手伝いを、剣術を通して側面から行なっていた。剣術の技量向上などただ今のところ二の次だと割り切っていた。

藤之助自身も「異国」に接しながらも剣術教授に専念せねばならなかった。どこか欲求不満が溜《た》まる日々であったから、勝らが睡眠時間を割《さ》いてまでも剣術稽古に打ち込む気持ちが理解できた。それほど異国の学問を吸収する精神的な抑圧は強かったのだ。選ばれし者たち一人ひとりが幕府を、藩を代表し、国難に備えて国家護持の礎《いしずえ》になろうと心に決めていた。

「座光寺様」

と波間から声が聞こえた。

藤之助が見ると豆州戸田《ずしゅうへだ》の船大工だった上田《うえだ》寅吉《とらきち》が南蛮式艀《はしけ》を漕《こ》いで大波戸の船着

場に漕ぎ寄せてきた。艀に立ち乗りした寅吉が使うのは二本の櫂《かい》だった。

寅吉もまた運命に翻弄《ほんろう》される一人だった。

安政元年（一八五四）師走《しわす》、駿河《するが》湾の一本松沖でおろしゃの軍艦ディアナ号が沈没した。

下田《しもだ》湊に停泊中のディアナ号はひと月前に発生した安政東海地震で大破し、戸田湊に曳航《えいこう》されて修理をしようとする航海中の出来事だ。

伊豆の漁師らが命がけで、条約締結のために来訪していたプチャーチン提督ら乗組員五百余人の命を救助し、戸田湊に収容した。

プチャーチンは帰国するための帆船建造を幕府に願い出て許され、本邦初となる西洋式帆船の建造が戸田湊で行なわれた。

和船の船大工の寅吉らもこの建造に加わり、西洋式造船を体験した。プチャーチンらが建造したスクーナー（君沢型）帆船は、

「ヘダ号」

と名付けられ、この帆船に乗船しておろしゃ人らは帰国した。

このヘダ号建造に携わった寅吉らは思い掛けなくも西洋式の竜骨を中心にした造船法を体験した。

この事実に注目した幕府ではヘダ号建造に携わった寅吉らを長崎へ派遣し、更に高度な造船技術を学ばせようとした。

「ちとお付き合い願えませぬか」

「なんぞ見物させてくれるか」

藤之助の問いには笑みを返しただけで答えなかった。

「こちらは無聊《ぶりよう》を託《かこ》っておる」

藤之助は六尺に近い長身を艀の舳先《へさき》に飛ばした。

ふわり

と艀に下り立った藤之助は膝の沈み込みだけで力を吸収した。そのせいで艀が大きく揺れることはなかった。

「さすがに座光寺様ですね、大きな体でまるで猫だ」

と笑った寅吉が二本の櫂を操り、大波戸を離れた。

「長崎の暮らしに慣れましたか」

「それがしだけが時間を持て余しておってな、ちと心苦しいくらいだ」

藤之助の日課の始まりは、八つ（午前二時）から八つ半（午前三時）に起床して伝習所の道場で独り稽古を一刻余り続けることだ。

その後、朝稽古に集まる伝習生や千人番所の佐賀藩兵有志らに剣術指南を行なった。

一刻余り汗を流した後、伝習生らは早々に朝餉《あさげ》を取り、教場に駆け付ける。だが、長崎治安を担う千人番所の藩兵有志はさらに稽古を続けた。

寛永《かんえい》十八年（一六四一）から続く千人番所とは、筑前《ちくぜん》福岡藩と肥前佐賀藩が一年交代で藩士千人を常駐させて、長崎奉行の命の下に治安を執行する制度であった。宿舎は湊入口の戸町《とまち》と対岸の西泊《にしどまり》の二つある。

藤之助らが長崎入りした安政三年は佐賀藩の番であった。

福岡も佐賀藩も武辺の士が多い藩だ。剣術自慢の藩兵もいた。

藤之助が伝習所剣術教授方を長崎伝習所総監永井尚志《ながいなおゆき》から任命された後、佐賀藩の千人番所御番衆組頭《おばんしゅうくみがしら》、タイ捨流《しゃりゅう》達人の利賀崎六三郎《りがさきろくさぶろう》が反対を表明し、道場で藤之助に勝負を挑んだ。

だが、反対に藤之助によって敗北に帰したそのことに恨《うら》みを持った利賀崎は、同門の茂在宇介《しげありうすけ》の助勢を受けて、

「藤之助暗殺」

に走った。

だが、二人して返り討ちに遭《あ》っていた。

利賀崎六三郎と茂在宇介の死は内々に処理された。

この襲撃の場面には長崎惣町乙名《そうまちおとな》椚田太郎次《くぬぎだたろうじ》が立ち合って目撃していたから、その経緯《いきさつ》が長崎奉行所に知らされ、長崎奉行が佐賀藩千人番所と話し合い、密かな処分が決定されたのだ。

だが、長崎の人々は二人の死の真相をうすうす承知していた。利賀崎が藤之助暗殺決行をすると千人番所内で洩《も》らしていたからだ。

御番衆組頭の死が自ら招いたことであったとはいえ斃《たお》した相手から剣術指導など受けたくないという千人番所の藩兵もいた。伝習所剣術道場を訪れるのは毎朝百人程度だ。

大半が藤之助の実力と人柄に惹《ひ》かれて稽古に通ってくる者たちだ。それが事件の後、わずかに減っていた。

千人番所の藩兵有志が道場から姿を消すのが四つ半（午前十一時）の刻限だった。

この時間から夕稽古までが藤之助の自由な時間といえた。

寅吉の漕ぐ艀は出島への出入口の二つの内の一つ、海の入口、荷揚場《にあげば》の石段に横付けされた。

もう一つの出入口は江戸町から陸地橋を渡って潜《くぐ》る門だった。

出島は鎖国政策をとる幕府が阿蘭陀人に限り、許した居留地で湊の一角に扇形に広がる人工島の面積は築造当時、三千九百二十四坪一歩（約一万三千平方米）、周囲は二百八十六間二尺九寸（約五百米）ほどだ。

「寅吉どの、それがしが出島に入ってよいのか」

藤之助は出島の入口に寛永《かんえい》十八年（一六四一）巳《み》十月以来の高札、

「傾城之外女入事」

など禁制の条項が掲げられていることを承知していた。

「異人すら出島を出て長崎の町をぶらぶら歩くことが許されました。近頃ではご禁制も緩んだのではございませんか」

と寅吉が笑い、

「それに荷揚場は長崎会所の人間なら自由でございますよ。その先、座光寺様がどちらに参られるか、わっしは存じませんや」

と寅吉はだれかに命じられて藤之助を運んできたことを告げた。

藤之助は艀から荷揚場に飛んだ。

石段を上がると百数十余坪ほどの広場が広がっていた。その先に頑丈な石造りと太柱の水門があって荷揚場と居留地とを分かっていた。

閉ざされていた水門が開き、思い掛けない人物が姿を見せた。

高島玲奈《たかしまれいな》だ。

風にふわりと広がる洋装の玲奈は束髪を後ろに流し、艶のある細布で結んでその両端が背まで垂らされてひらひらしていた。

「藤之助、長崎の暮らしに退屈していない」

快活にぱっぱっと蹴り出すように歩いてきた玲奈の体から芳《かん》しい薫《ば》りが漂ってきた。香水の香りだ。

「退屈はしておらぬ」

「あら」

「退屈でなくてはならぬか」

「お暇ならばお誘いしようと思ったのだけど」

「玲奈どのの命には逆らえぬな」

「ならばその前に用事を片付けて」

と玲奈があっさりと言った。

「片付けるとはなんだな」

玲奈が門を振り返った。

長崎奉行川村対馬守修就《かわむらつしまのかみながたか》と数人の阿蘭陀商館員が姿を見せた。最後に竹刀を手に従っていたのは江戸町惣町乙名の椚田太郎次だ。

「なにが始まるのだ」

「川村様が藤之助のことを商館長に自慢なされたのよ」

玲奈は川村が聞いていようと平然としたもので、いつもの律動的な喋り方を変える様子はない。

「自慢とはなんだ」

「剣術よ、あなたが佐賀藩の乱暴者を二人始末したのは長崎じゅうが承知しているわ。阿蘭陀人もあなたに関心を持ったようよ」

と悪戯《いたずら》っぽい笑みを顔に浮かべた。

「藤之助様、それでね、ドンケル・クルチウス商館長が、ならばわが館員の腕自慢と剣術勝負という話になったんでさ」

と太郎次が竹刀《しない》を差し出した。

幕末の日本で最後の阿蘭陀商館長を務めたヤン・ヘンドリック・ドンケル・クルチウスはライデン大学法学部を卒業し、英語、独逸《ドイツ》語、仏蘭西《フランス》語にも堪能《たんのう》な教養人であった。

嘉永《かえい》五年（一八五二）の夏、来日した最初の仕事は日本に開国を求める阿蘭陀東インド総督の書簡を長崎奉行に提出することであったという。

亜米利加《アメリカ》を始め列強各国が砲艦で威圧的な開国と修好を迫る中、クルチウスは日本の国益を考えつつ数々の助言をなした。だが、その真意を分かる幕閣がいなかった。これが阿蘭陀の悲劇であり、クルチウスの苛立《いらだ》ちでもあったろう。

藤之助の前に姿を見せた出島の最後の阿蘭陀商館長は四十三歳であった。

「相手のサーベルは切っ先を丸めて刃を引いてございます」

「それがしの意思などなしか」

「長崎というところ、新参者の腕をあれこれと試す土地柄でしてね、こいつは長崎者も阿蘭陀人も変わりございませんのさ、試練とお思いになって受けて下せえ」

と笑った。

藤之助は腰から藤源次助真を抜いて太郎次の竹刀と交換した。

「藤之助様にあれこれと指図する気はございませんが、南蛮の剣は刺突《しとつ》が主でしてね、撓《しな》る刃を利して、思わぬところを撥《は》ね斬るのが特徴でございますよ」

「太郎次どの、ご注意参考に致そう」

「相手は三人、一人目は阿蘭陀人として長崎奉行所には申告されてますが、英吉利《イギリス》人の貴族バッテン卿です」

バッテン卿は三十前か。

藤之助とほぼ同じ身長で乗馬ズボンに長靴を履《は》き、上着は最初から身に着けてなかった。革帯で両肩からズボンを吊《つ》っている。残る二人も同じような恰好《かっこう》だ。

バッテン卿が藤之助に会釈した。

藤之助も会釈を返した。

間合いは二間で二人は対峙《たいじ》した。

藤之助はまず正眼《せいがん》に取った。未知の西洋の剣捌《けんさば》きを見るには正眼がよかろうと思ってのことだ。

バッテン卿は撓る剣を片手に構え、もう一方の手を差し上げて半身《はんみ》の体の均衡を取るように軽く前後に動いた。

軽やかで敏捷《びんしょう》だった。

「参る」

藤之助はバッテン卿に声を掛けると相手もなにか答えた。

言葉が互いに理解できないことなど、その瞬間に忘れた。今、相手の力量と人格を確かめるのは剣と竹刀だけだった。
二人の対決を川村らが、阿蘭陀商館長クルチウスらが注視していた。
先に動いたのはバッテン卿だ。
するする
とぴかぴかに光る黒い長靴を地面に滑らせて、
すすっ
と間合いを詰めてきた。
一気に打ち合いの間合いになった。
バッテン卿が奇声を発して、片手に保持した剣先を突き出しながら、踏み込んだ。
切っ先が不動の藤之助の胸に突き刺さろうとした。
その瞬間、藤之助の竹刀が剣を軽く払った。
そのことを予測していたようにバッテン卿の剣が虚空に舞うように上げられ、撓りを利して藤之助の首筋に刃を、
ぱあっ
と伸ばしてきた。
剣の切っ先が蛇の鎌首のように巧妙に迅速に変化して思わぬ方向から藤之助を襲い

きた。

だが、藤之助はバッテン卿の目の動きを見詰めて剣の切っ先から五、六寸下を弾いていた。

弾かれた剣が変幻した。

藤之助はバッテン卿の間合い内に踏み込みつつさらに払った。

バッテン卿は朱に染めた顔で攻撃の手を緩めなかった。だが、ただ剣を交わすだけの藤之助にいつしか後退させられ、水門の塀のほうへと追い詰められていた。

仲間が気付き、叫んだ。

バッテン卿がちらりと周囲を見て驚きの表情を見せた。

そのとき、藤之助が対峙した場所まですするすると退がった。

朱に染まったバッテン卿の顔に怒りの表情が浮かび、それを抑えた相手は藤之助の前に剣を構え直して戻ると会釈をしてみせた。

弾む呼吸を整えたバッテン卿が決死の形相で踏み込んだ。

藤之助も歩を進めた。

バッテン卿の突きが藤之助の喉首に伸びた。

藤之助の竹刀が伸びてくる剣の中ほどを弾きざまに手首を叩《たた》き、さらに竹刀が変転

してバッテン卿の額に、
ぴたり
と止まった。

一瞬の早業だ。

立ち竦《すく》んだバッテン卿の手にはすでに剣はなく、
にたり
と笑った藤之助が竹刀を引いた。

バッテン卿がなにか大声を上げて、商館長クルチウスに訴えた。

「藤之助、今一度勝負がしたいと願っているわ」

玲奈がバッテン卿の言葉を通詞《つうじ》した。

「構わぬ。だが、注文がござる」

「注文ってなによ」

「玲奈どの、一人ひとり相手をするのは面倒だ。ご三方一緒に掛かって参られぬかと言ってくれ」

玲奈が嬉しそうに破顔して藤之助の言葉を告げた。

三人の血相が変わった。なにか言い合っていたが、互いに頷《うなず》き合った。どうやら三人で藤之助と対決することを承知したらしい。

「藤之助、小太りの男はイスパニア人の貴族ドン・ルイス、背がひょろりと高いのが阿蘭陀人海軍士官のフューレよ。だれの技量が上かなんて話さないわ。藤之助が確かめなさい」

「承知した」

三人の異国人剣士はフューレを要にして両翼に幅一間の間隔を保って陣形を取った。

「参る」

再び藤之助の口からこの言葉が洩れ、竹刀が頭上に高々と上げられた。

藤之助は座光寺一門に伝えられる信濃《しなの》一傳流《いちでんりゅう》の教えどおりに構えたのだ。

所領地の山吹は天竜川の流れを望み、その背後に伊那山脈、さらに一万尺余の白根《しらね》岳や赤石《あかいし》山嶺を仰ぎ見る地形だった。

教えの基本は雄大な自然に対峙し、この自然を凌駕《りょうが》するような大きな構えを覚えさせられることから始まった。戦国の名残の実戦剣法だ。

藤之助の体がさらに大きく変わって見えた。

三人の異人剣客の口から驚きの声が洩れた。

藤之助は気宇壮大の構えに、後に自ら創意工夫した秘剣を編み出していた。

「天竜暴れ水」

この言葉が洩れた。

嵐の後、滔々《とうとう》と暴れ流れる天竜の奔流が岩場にぶつかって四方八方に飛び散るような電撃乱戦の玄妙剣だ。

フューレが剣を二度三度と撓らせ、左右の仲間と呼応して攻撃に移ろうとした瞬間、藤之助が左手へ、ドン・ルイスの許へと飛んでいた。

予測もかけない動きにルイスが構えた剣を突き出した。

ばちり

と弾かれた剣が手から飛び去るのと額に軽い打撃が見舞ったのが同時だった。

一瞬の早業にフューレが向きを変えた瞬間、嵐が見舞った。

すでに藤之助の体が目の前にあって胴が抜かれ、横手に転がり、最後にバッテン卿が肩口を叩かれて腰砕けになった。

藤之助が戦いの場から飛び下がると川村奉行の顔に満足の笑みが浮かび、商館長ドンケル・クルチウスの沈黙には驚愕《きょうがく》があった。さらに玲奈の朗らかな笑い声が出島の船着場の広場に響いて青空に消えていった。

二

濃緑色の西洋式小帆艇《しょうはんてい》レイナ号を操船していた玲奈が舳先に寝転ぶ藤之助のかたわらに座ると、顔を寄せた。

二人の頭上で三角の帆がばたばたと風にたわんだ。

藤之助の鼻腔を芳しい香が包んだ。

船は微風を帆に受けて長崎の湊の中ほどに差し掛かっていた。

「勝負に勝ったご褒美よ」

「褒美など頼んでおらぬ」

藤之助はそういいつつも体に熱いものが走っていた。

玲奈が藤之助の唇に自分の唇を触れた。

甘美な感触に藤之助の頭がくらくらとした。次の瞬間、藤之助の瞼《まぶた》に柔らかな布が被《かぶ》せられ、目隠しをされるように後頭部で結ばれた。

「ここからはしばらく辛抱して」

玲奈が藤之助の傍《そば》から離れ、帆艇を操作する舵《かじ》棒のある船尾に戻った。

間もなくレイナ号の方向が変じ、帆がばたばたと鳴った後、再び快走し始めたのを藤之助は感じた。

「バッテン卿もフューレも驚いていたわ。藤之助の竹刀のあつかいがだれにも増して優雅なんだって。これまで会った日本の侍とは違う、藤之助は騎士道を承知しているし、動きが軽やかだって」

「玲奈どの」

「藤之助、私たち二人のときは呼び捨てにして」

素直にも、よかろう、と頷いた藤之助が、

「玲奈、それがしが相手したフューレだけが阿蘭陀人であとの二人は英吉利国とイスパニア国の人間であったな。幕府は阿蘭陀と唐人にのみ長崎に商館を設置させ、交易を許したのではなかったか」

「阿蘭陀船も唐人船も阿蘭陀と清《しん》国の旗を掲げてくれれば長崎奉行は入津《にゅうしん》を許すのよ。碇《いかり》を下ろした船から上陸する異人の名簿が提出されるけど、阿蘭陀国籍とすべて記載されて、それ以上奉行は問い質《ただ》すことはない。だって、バッテン卿が阿蘭陀人か、英吉利人かなんて区別つかないもの」

「相手のいいなりか」

「そういうことよ。だから、ドン・ルイスのようにイスパニア人もいるし、亜米利加人も潜んでいる。唐人の船も同じことよ。阿蘭陀船、唐人船と称する船に乗ってくればその国の人間として認めるの」

「長崎の人はそれを承知か」

「大昔からね。むろん長崎奉行だって通詞を通して承知しているわ。だけどそれを突ついたところで騒ぎが起きるだけ、自分も旨《うま》い汁が吸える長崎奉行の職を追われるかもしれないわ。それより一年無事に長崎逗留《とうりゅう》を済ませれば、江戸では考えられないほどの金子を残すことが出来るのよ」

長崎奉行はそれだけの特権を有していた。大身旗本にとって長崎奉行任官は、

「究極の夢」

だったのだ。

第一に御調物《みつぎもの》の名目で輸入品のうち一定額、それも希望のものを廉価で先買いし、京、大坂に送って数倍の値で売り捌《さば》く特権を有していた。次に八朔《はっさく》（陰暦八月一日）に地役人、町人、阿蘭陀人、唐人などから八朔銀の名目で金品を受け取ることが許されていた。

この当時、長崎奉行として役料初勤六千五百両、以後四千五百両を受け取ることが

できた。が、長崎で得た特権はその何倍もあったといわれる。

長崎奉行も南蛮交易も骨抜きにされていると玲奈はいった。

「長崎町人が仕組んだことか」

玲奈は、
うっふふふ
と笑った。

その笑いが藤之助の問いを肯定していた。

「玲奈、阿蘭陀を始め、南蛮の国々が徳川様の国に目をつけるのはなぜだ」

「和親条約を亜米利加やおろしゃなどが求めたのは徳川様との通商を考えるからなの。これまで長崎だけに阿蘭陀船や唐人船の入津を認めてきたけど、これからは異国の船の入港を箱館《はこだて》でも下田でも江戸でも認めざるをえなくなるわ」

「長崎は特権を失うということではないか」

「爺様方が連日集まりをして対策を練っておられるけど、なかなか名案は浮かばないようね」

玲奈は、長崎の交易を実質的に支配する長崎町年寄の一人高島了悦《りょうえつ》のことを爺様と呼んだ。

「亜米利加など列強各国がただ徳川様に通商を求め、船の寄港地として開国を迫っているのか。はたまた英吉利国が阿片《あへん》戦争の戦いの後、清《しん》国を属国にしたように日本をそうしようと狙っているのか、互いに腹の探り合いが続いているということよ」

「阿片戦争のことを伊那でも聞かされた、江戸でも耳にした。それがしにはよう分からぬ、どういうことだ」

「藤之助、私たちが唐人とか唐人船と呼んでいるのは清国のことよ。清国が始まったのは徳川様の江戸幕府から遅れること十三年、元和《げんな》二年（一六一六）のことよ。徳川様と同じような歴史の清国に今から十数年前、災難が降りかかった。清国幕府は清国の湊に入る英吉利国の商船に阿片の売買取引の中止を求めて、没収の強攻策を取ったの。英吉利はこれに対して交易の自由と阿片貿易の停止で蒙《こうむ》った損害を求めて、遠く本国から軍艦を派遣し、戦《いくさ》になった。これが阿片戦争と呼ばれるものよ」

「阿片の交易が発端の戦ゆえ阿片戦争か」

「阿片は百害あって一利なし、というと言い過ぎだけど阿片の虜《とりこ》になる人が多く、廃人になる。それでも一時の甘美と陶酔を求める人々の間で高値の取引される、英吉利が阿片に執着する理由よ」

「なんとのう」

「英吉利艦隊と清国軍は足掛け三年、戦った後、清国は英吉利国に完敗した。その結果、湊を含む領土のいくつかを英吉利軍に渡し、英吉利軍が支配するようになった。藤之助、この長崎に英吉利国の軍艦が入ってきて、徳川様の天下が終わったと考えてごらんなさい」

藤之助は返す言葉がなかった。

「これが十数年前、隣の清国で起こったことよ。阿蘭陀国はこの清国が見舞われた阿片戦争の推移と経過を『阿蘭陀風雪書《ふうせつがき》』にまとめ再三長崎奉行を通して江戸幕府に上申した。だけど、幕府のだれもが真剣にこのことを考えようとはしなかった。その付けが今、座光寺一族にも長崎会所にも徳川幕府にも振りかかっているのよ」

しばし藤之助は沈思した。

「勝麟太郎様方が必死で異国のことを学ばれておるのは徳川様の幕藩体制を守るためだな」

今度は玲奈の答えはしばし返ってこなかった。

潮流が変わったのか、船が大きく揺れた。だが、藤之助はどこをどう走っているのか、知らなかった。玲奈に身を委《ゆだ》ねて、声を聞いているだけだ。

玲奈が帆を下ろしている気配があった。手伝いたくとも辺りを見ることを禁じられている藤之助だった。

揺れていた船が安定し、進み出した。

櫂が波を掻《か》く音が律動的に響いてきた。

「藤之助、座光寺家は直参《じきさん》旗本だったわね」

「そうだ。家禄千四百十三石で伊那の領地と江戸屋敷を細々と守ってきたのだ」

「藤之助、長崎にきて見たとおり世界は大きく動いているわ。徳川の幕藩体制なんて風前の灯よ。勝麟様方の努力が間に合うかしら。徳川家がその前に潰《つぶ》れるかもしれないじゃないの。藤之助は、将軍家に最後まで忠義を尽す気なの」

厳しい玲奈の問いだった。

藤之助は座光寺家を再興するために先代の左京為清《さきょうためすが》を殺害し、主の地位に就いた男だった。主殺しまでして得た地位がなくなり、徳川幕府が倒れるというのか。

「藤之助、その答えはすぐにはいらないわ。藤之助がとくと長崎を見て、結論を出すのよ。それがあなたと座光寺家が生き残るただ一つの道よ」

「難題を突きつけられたものよ」

「藤之助、その難題をこの長崎が今突きつけられているの。あなたよりも早く道を、なにか救いの道を選ばねば長崎は滅びる、選んだところで選択が間違っておればまた長崎の将来はない」

玲奈の言葉は険しくも真剣だった。

再びレイナ号が揉《も》まれた。

小帆艇の舳先に横たわる藤之助の体に波飛沫《しぶき》がかかった。

波が岩場にぶつかって砕ける音がして、その合間から不思議な歌声が響いてきた。

「藤之助、目隠しをとりなさい」

藤之助は身を起こすと目隠しをとった。

焦点が合わずすべてがおぼろに光って見えた。そして、まず天空の一角から光が斜めに落ちていることに気付かされた。

(ここはどこか)

視力が戻ってきた。

玲奈が操船するレイナ号は、巨《おお》きな洞窟の海に漂っていた。奥行き百余間、幅五、六十間余、天井までの高さ二十間余か。天井の岩場の一角に割れ目が走り、そこから光が降ってきていた。

「ここがどこかなんて聞かないで」

玲奈がそういうと再び両手の櫂に力を入れた。

静かな洞窟の海を奥へと滑り出した。
荘厳な祈《き》禱《とう》の声は洞窟の奥から響いていた。
「恩寵《ガラサ》ミチミチ給うマリア、
御身に御礼をなし奉《たてまつ》る
御身は女人の中において分けて
御果報いみじきなり
デズスの御母サンタマリア様、
我ら悪人の為に祈り給え、
アメンデズス……」
藤之助は呆然として、
「隠れきりしたんか」
と聞いた。
「驚いた」
玲奈は平然としていた。
「それがし、幕臣だぞ。長崎奉行支配下の剣術教授方だぞ。奉行川村様に申し上げたらどうなる」

「三番崩れが起こるわね」

「三番崩れとはなんだ」

「崩れとは奉行所の手や転びきりしたんの密告で隠れきりしたんが摘発され、処刑されることをいうの。浦上《うらがみ》一番崩れは今から六十五年前、寛政《かんせい》三年（一七九一）に起こったわ。浦上村の庄屋が石仏をお寺に寄進しようとしたところ、村人が拒んだの」

「隠れきりしたんであったか」

「隠れきりしたんは仏教徒に化けて、自分たちの信仰を守ってきたの。だから、そのとき、庄屋の密告で十九人が捕縛された。浦上二番崩れは天保《てんぽう》十三年（一八四二）のことよ」

「わずか十三年前のことではないか」

「そう転びきりしたんが密告して利五郎、伊五郎、多八、徳右衛門らが捕まって浦上二番崩れが起こった」

「玲奈、それがしが奉行に讒訴《ざんそ》するとは考えなかったか」

「密告するの、藤之助」

藤之助は後ろを振り向いた。

自然の船着場に小舟が何艘《そう》も舫《もや》われていた。

洞窟の奥に数十人の男女がいて、岩の壁の一部が刳《く》り貫《ぬ》かれ、凹《くぼ》んだところに光の十字架が浮かんでいた。光の十字架は洞窟の天井の割れ目に日の光が差し込み、ある刻限になると岩壁に十字架を創り出す仕組みのようだった。

隠れきりしたんの男女は仕事着で女たちは頭に純白の網模様の被り布《マンテイラ》をつけていた。

男が一人、玲奈の到着を知ってやってきた。

藤之助を見ても驚く風もない。

「玲奈様、ようこそ」

「少し遅れましたか」

藤之助が舫い綱を漁師と思える男に投げた。綱を受け取った男が岩場に係留した。

藤之助が岩場に飛んで玲奈の手を取り、船から降ろした。

「藤之助、これも長崎の隠れた貌《かお》よ、よく見ておきなさい」

玲奈はその場に藤之助を残して、隠れきりしたんの集まりの中に入っていった。その中から一人の女が立ち上がり、玲奈と抱擁を交わした。隠れきりしたんの中でも身分が高き者か、被り物も着物も一段と立派だった。

藤之助は手にしていた藤源次助真を股の間に突いて、岩場に腰を下ろした。

歌声が始まった。

藤之助には、その言葉はなにも分からなかったが、心を洗われる歌声だった。このような響きが人間の喉から発せられるのか、歌声は洞窟の岩に反響して、さらに荘厳な感じを聞く人に与えた。

その歌声が終わると玲奈と抱擁した女が光の十字架の前に立ち再び、祈禱《オラシヨ》を唱え、信徒たちが和した。

オラショは四半刻続き、光の十字架が薄れていくと同時に終わった。

隠れきりしたんたちは岩場の奥に抜け道があるのか一人ふたりと去り、また小舟に相乗りして消えた。

藤之助の前を通る女たちは被り布に顔を隠して急ぎ足で通り過ぎた。

洞窟の教会に数人の男女だけが残った。

身分がだれよりも高いと藤之助が考えた女性を玲奈が伴い、藤之助の許へとやってきた。

藤之助は岩場から立ち上がって迎えた。

「藤之助、ドーニァ・マリア・薫子《かおるこ》・デ・ソト様ですよ」

玲奈が紹介した。

薫子が被り布を片手で上げ、会釈をした。

その瞬間、薫子がだれかに似ていると藤之助は思った。

「座光寺様、長崎がお世話になっております」

「それが反対でな、長崎の方々にあれこれと異国のことを教えて貰《もら》っており申す」

「ここに参られたのもお勉強の一環ですか」

「さて、どこへ行くとも聞かされず船にて洞窟へ連れ込まれました」

「玲奈としたことが珍しいことがあるものよ」

と女が玲奈に敬称を付けず呼んだとき、藤之助はその人物がだれか見当がついたと思った。

「玲奈、そなた方からお帰りなされ」

と薫子が再び敬称を付けず呼び、二人の女が抱擁した。

玲奈が船に乗り込み、櫂を両手に握った。

藤之助は岩場を足で蹴ると船を洞窟の海に押し出し、飛び乗った。

舳先が洞窟の出入り口に向けられ、薫子と玲奈が異国の言葉で別れの挨拶か、交し合った。それを確かめた藤之助は懐《ふところ》に入れていた細布を取り出して自ら目隠しをした。

「座光寺藤之助様、ようこそ長崎に参られました」

と薫子の声が櫂の音の間から聞こえた。

目隠しをした顔を声の方向に向け、藤之助は頷いた。

洞窟の出入り口は入ってくる時よりも激しく揺れた。だが、玲奈は見事な操船術で海に乗り出し、レイナ号の帆を張った。

それから四半刻もしたころか、

「藤之助、いいわ」

と目隠しを外すことを許した。

ふうっ
と一つ息を吐いた藤之助が目隠しを外した。

「なぜ危険な真似をした」

「藤之助は白日夢を見たのよ」

「そなたも母者もきりしたんか」

「驚いた風でもないわね」

「そなたの行動に一々驚かされていては身が持たぬ」

舵棒を握った玲奈が破顔し、

「こちらにいらっしゃい」

と玲奈が座る隣を指した。

藤之助は素直に従い、舵棒を握る玲奈のかたわらで船縁《ふなべり》に背を預けて横になった。

長さ四間、幅四尺の洋式小帆艇だ。薄い布を通して玲奈の膝の温もりが藤之助に伝わってきた。

「高島家は長崎町年寄の一家、その娘が出島に医師として滞在していたイスパニア人のドン・ミゲル・フェルナンデス・デ・ソトと禁じられた恋に落ち、生まれたのが私よ」

「了悦様は驚かれたろうな」

「爺様はまず町年寄の立場を考えられた。そこで懐妊した母を長崎近郊の村に移して私が生まれた。父上のソトは私が四つの折に長崎を去ったわ」

「母者一人の手でそなたは育てられたか」

「母上は長崎に戻らず私を生んだ村に残り、信仰の道に進まれた。私だけが五つの時に母の許を離れて長崎の高島家に移ったの。昔の長崎ならば許されなかったことよ」

「玲奈、父上とその後、会ったことはないのか」

玲奈の顔が横に振られ、藤之助の胸に置かれた。玲奈の芳しい香りがした。

「ないわ」

と答えた玲奈がしばし沈黙した。

藤之助の視界に大波戸が映じた。

そろそろ夕稽古の刻限だった。

「母上は密かにお会いになったことがあるような気がするの」

「医師として出島に戻ってこられたか」

「ならば私も会える。父は幕府が許可をしていない異国船に乗って、何度か長崎沖に参られたと思う」

玲奈は高島家の一員だ、長崎で起こった出来事に通じていた。

「会いたいであろうな」

玲奈の手が藤之助の手を摑《つか》み、ぎゅっと力を籠《こ》めた。

「玲奈、大波戸じゃぞ」

顔を上げかけた玲奈が、

「藤之助、近々老陳《ろうちん》の船が長崎に戻ってくるわ」

と告げた。

三

藤之助が海軍伝習所の門を潜《くぐ》り、剣術道場に向うと道場は森閑として物音一つしなかった。

夕稽古は伝習所生徒の有志だけが集まる。教授方の藤之助がいなくとも伝習生たちは思い思いに稽古を始める、それが習慣だった。

(どうしたことであろうか)

藤之助は藤源次助真を腰から抜いて手に提げ、表口を使わず奥横手の出入り口から道場に入った。すると道場の中央に白小袖《こそで》に白袴《ばかま》、手甲脚絆《てっこうきゃはん》も鉢巻《はちまき》まで白尽くめの五人の者たちが外側に向って円座を組んでいた。まだ幼さを残す顔立ちの五人は、旅をしてきた様子で草鞋《わらじ》を履いたままの土足だ。

伝習生たちは困惑の様子で道場の壁際に退いて立ち、五人の若侍の様子を見ていた。

「どうなされた」

藤之助が声をかけた。

伝習生の中に第一期伝習生であると同時に阿蘭陀に発注してある砲艦の艦長候補である勝麟太郎らはいなかった。伝習生のかたわら幕臣の務めを果たさねばならない勝麟らはやるべき仕事が山積していたのだ。

「おお、遅かったではないか」

伝習所入所候補生の酒井栄五郎が藤之助の傍に静かな足取りでやってきたが、その目は白衣の五人の挙動から離さなかった。

「佐賀から来た連中だ。利賀崎六三郎どのの実弟二人と親族らしい」

「何用だな」

五人がゆっくりと立ち上がった。

一人は抜き身の短刀を首に押し当てていた。

藤之助は五人の視線が狂気に憑《つ》かれていることを見て取っていた。

「兄利賀崎六三郎の仇を討たねば肥前武士の面目が立たぬと申しておる、見てみよ。物《もの》の怪《け》に憑かれた目をしておろうが」

「栄五郎、千人番所には知らせに走ったか」

「あやつら、いきなり押し入ってきて、一人として動くでない、動けば斬るとか、自裁するなどと喚《わめ》き散らしてな、あのような者には逆らえぬぞ」

「よい判断であった」

と立ち騒がなかった友らの選択を誉め、

「どうやらこの藤之助に用があってのことのようだ。隙を見て奉行所に事情を告げて千人番所に使いを走らせよ」

「分かった」

と栄五郎が答えたとき、五人の一人が藤之助の前に歩み寄っていた。

「その方が座光寺藤之助か」

「いかにも。お手前は」

「利賀崎六三郎の次弟武雄《たけお》」

「何用かな」

藤之助はわざとゆったりとした口調で応対した。

「兄者の仇を討つ」

「覚えがない」

「言い逃れは許さぬ。兄者と茂在宇介様をそなたが殺害したは、長崎じゅうが承知じゃあ」

藤之助は栄五郎が道場から抜け出たことを感じ取った。さらにのんびりとした口調

で、

「お手前方、佐賀から長崎に参られ、いきなり伝習所剣術道場に押し入られたか」

「われら、兄者同様にタイ捨流《しゃりゅう》を学んだ者、また佐賀藩子弟は幼少より死に場所、死に時を教え込まれてきた葉隠者《はがくれもの》である。兄らを斃《たお》され、黙っていることは佐賀藩武士《もののふ》にあるまじき行為、だれの指図も受けぬともわが血が承知である」

と言い放った武雄は、仲間を振り返った。

「茂在宇介弟彪助《ひょうすけ》」

「タイ捨流沼崎《ぬまざき》道場同門篠田《しのだ》初太郎《はったろう》」

「同じく猪熊新太《いのくまあらた》」

と次々に名乗り最後に、

「利賀崎六三郎末弟七之助《しちのすけ》」

と抜き身の短刀を首から離した若者が言った。

七之助と新太は十六、七歳か。

武雄と彪助が二十前か、初太郎だけが二十をいくつか越えたと思えた。

「お手前方、この座光寺藤之助と試合をお望みか。ならばまず草鞋《わらじ》を脱ぎ、礼儀に則《のっと》って申し込まれよ。そのような無法な申し出は長崎伝習所剣術道場を預る者として許すわけには参らぬ」

「われら、その方を斬り殺し、この場にて自刃致す。覚悟を決めた人間に作法は無用だ」

「それはちと乱暴な」

と藤之助が長閑《のどか》に答えたとき、
焦《じ》れたように七之助が、

「兄者、こやつ、べらべらと喋りおって遅延を策しておるぞ！」

と叫んだ。

「われら、佐賀にて血の誓いを立てて長崎に参ったものである。こやつの手にかかってなるものか」

と叫ぶと手にしていた短刀を床に投げた。するとまだ真新しい床に短刀の切っ先が突き立ち、ぶるぶると揺れた。

「よし、ぬかるでない」

五人が一斉《いっせい》に抜刀した。

「どなたか、竹刀を」

藤之助は利賀崎武雄らの動きを目で牽制しつつ伝習生に声をかけた。

竹刀をの声に伝習生から驚きの声が洩れ、武雄らは、

「おのれ、われらを甘く見おったな」

と罵《ののし》り声を上げた。

「これを」

と竹刀を平然と差し出したのは、江戸から同船してきた直参旗本の子弟一柳聖次郎だ。

「お借りしよう」

藤之助はまず手にしていた藤源次助真を聖次郎に渡し、代わりに竹刀を受け取った。

「座光寺先生に忠告の要もないが、狂気に憑かれた者は尋常ならざる力を発揮すると聞いた、注意召されよ」

「有り難く一柳どのの言葉承《うけたまわ》った」

聖次郎が
すいっ
と藤之助の許を離れ、藤之助が五人と正対した。

「利賀崎武雄どのらに申し上げる。そなたらのたっての望みゆえ勝負を受ける。一対

五の勝負は一度きり、互いにあとには引かぬと約定《やくじょう》して下され」

「一度だけで十分、肥前者の勝負に二度はない」

「確かに承った」

藤之助は一柳聖次郎から借り受けた竹刀をゆっくりと立てていった。

竹刀が頭上で垂直に立てられ、さらに両腕が伸びて竹刀の切っ先が剣術道場の天井を突き破る様相で虚空を指した。

伝習生らはその瞬間、藤之助の五体が何倍にも大きくなったように思えた。勝負を焦る武雄らにはそのことが見えなかった。

「信濃一傳流、ちと厳しい」

藤之助の口から洩れた。

そのとき、藤之助は伝習所総監永井玄蕃頭《げんばのかみ》尚志、勝麟太郎らが道場に駆け込んできた気配を察した。

永井らは声を掛けようとしたがすでにその機を逸していることに気付き、藤之助に任せた。

「肥前タイ捨流は死を見据えた剣法じゃあ」

狂気に憑かれた武雄が厚みのある剣を上段に構えた。残る四人のうち二人が正眼、二人が脇構えで藤之助に等間隔の半円の陣形をとった。

正面の武雄の両眼を凝視していた藤之助が、

「天竜暴れ水」

と叫ぶと跳躍した。

飛んだ先は半円の二番手にいた茂在彪助の前だった。

垂直に立てられていた竹刀が、
がつん
と彪助の面を叩き、さらに横手に飛んで七之助の胴を抜いていた。

一瞬の早業だった。藤之助は力を抜いていたが七之助は横手に数間もふっ飛んでいた。

「やりおったな」

武雄が腰を落とした構えで藤之助の正面に立ち塞がり、上段の剣を豪快に振り下ろした。

竹刀で真剣に合わせることは不可能だ。

藤之助は相手の内懐にするりと飛び込み、体当たりをしていた。腰を浮かした武雄が尻餅《しりもち》をついた。

その瞬間、その体の上を飛び、残った篠田初太郎と猪熊新太に襲い掛かった。

長身が躍動し、竹刀が自在に振られ、二人が肩口と腰を叩かれ、床に膝を突いた。

一瞬の間に五人の白衣の侍たちが道場の床に転がされていた。

「勝負はこれからだぞ」

藤之助の声に、

「なにを」

と、まず尻餅をついた武雄が飛び上がると、血走った両眼を見開いて大きく振りかぶった剣を両手で振り下ろした。

すでに十二分に相手の動きを見ていた藤之助の竹刀が小さく躍り、小手を叩いた。

武雄の手から剣が落ちた。

「兄者、おれが代わる」

と七之助が刀の柄を右脇腹にぴたりと固定させて、突っ込んできた。

「肉を斬らして骨を断つ所存か、その志は買ってやる」

藤之助はもはや動かなかった。

突っ込んでくる七之助を存分に引き付けて、

「面！」

と予告し、力を抜いた竹刀で面を打った。
それでも七之助の両膝が、
がくん
と落ちてその場に両膝を突いた。
茂在彪助が藤之助の斜め横手から突きを入れてきた。
藤之助の竹刀がしなやかに反転し、鎬筋《しのぎすじ》を叩いた。鎬筋とは刀身の平地と鎬地の境をなす稜線で、刃の横手のことだ。竹刀で刃とは合わせられないが鎬筋は叩くことは出来た。すると驚いたことに彪助の剣が刀身半ばで、
ぐにゃり
と曲がった。
「お手前方、佐賀を決死の覚悟で出て参られたというがもはや力が尽きたか」
藤之助の言葉に五人が奮起し、藤之助に襲いかかった。それを片手に持ち替えた竹刀で次から次へ、肩口、胴、面、小手、太腿と打ち分け、転がし、起き上がらせた。
そんな打ち合いが四半刻も続いたか。
五人が道場の床に転がり、荒い息を吐《つ》いてぐったりとした。
「座光寺先生、造作をかけた」

と永井と勝麟の間に立っていた伝習生鍋島斎正《なべしまなりまさ》が悲痛な声で礼を述べた。

鍋島は肥前藩から選ばれて第一期生として長崎海軍伝習所に入所していた。

鍋島はもはや葉隠《はがくれ》精神だけで佐賀藩の経営が成り立たないことを承知し、異国の進んだ科学や軍事力を勉学しようと自ら望んで伝習所入りした士だった。それだけに同藩の五人の行動を無謀にも軽率にも感じていた。

「永井総監、この者たち、それがしにお任せあるか」

鍋島が永井に断った。

「道場主は座光寺どのでな、座光寺どのにお尋ねあれ」

永井が藤之助に振った。

「鍋島様、それがし、打ち込み稽古をご所望あった旅の方々とお手合わせ致しただけのことにございます。お知り合いとあらばお引き取り下さい」

「忝《かたじけな》い」

「一つお願いがござる」

「なんでござろうか」

鍋島が身構えた。

「重ねて申しますが道場を任されたそれがしが応諾しての打ち込み稽古にございま

す。この若い方々はちと無作法であったとしてもなんの罪咎《つみとが》はござらぬ。しかとお聞き届けて下され」

「座光寺先生、お気持ち、鍋島痛み入って拝聴申した」

道場の表に千人番所から押《お》っ取《と》り刀で佐賀藩兵が駆け付けてきた様子があった。

「それがしが応対致す」

鍋島が玄関先に出向き、同藩の藩兵と話した。

利賀崎武雄らはどこか全身から憑き物が落ちたように放心状態で悄然《しょうぜん》としていた。

そこへ鍋島に同道された千人番所の総組頭が道場に入ってくると、

「座光寺先生、五人を引き取って参ります」

と頭を下げた。

「佐賀から一気に旅をしてこられたようだ。湯などに浸からせて十分に休養を取らせるがよかろう」

「有り難きご忠告にございます」

と総組頭と鍋島に連れられて白衣の五人が道場から姿を消した。

「座光寺先生の周辺、わが国と同じく風雲渦巻いてなかなか退屈致しませぬな」

と勝麟が言うと、

からから
と笑った。

「伝習所をお騒がせいたし申し訳ございません。これより夕稽古を再開します」

と藤之助が宣告して、伝習生らが道場の真ん中に出てきた。

藤之助の傍らに永井と勝麟だけが残った。

「佐賀があれ以上騒ぎを起こさぬとよいがな」

永井がそのことを案じた。

「総監、騒げば騒ぐほど佐賀藩が困った立場に追い込まれるだけだ。鍋島どのらは利賀崎六三郎と茂在宇介の二人が座光寺どのを襲った真相を承知です、佐賀藩も時代遅れの馬鹿ばかりではありますまい。あやつら五人も座光寺先生に打ち据えられて逆上した頭も冷えたようです。まず無謀を繰り返しますまい」

と勝麟が言うと、

「座光寺藤之助は大した人物よ」

とからからとまた笑い声をあげた。

この日、伝習所剣術道場の夕稽古が終わったのは六つ半（午後七時）過ぎのことだった。

伝習生、伝習候補生らは急いで食堂《じきどう》に駆け付けた。伝習所はすべて時間どおりに日課が決まっていたのだ。だが、教授方は日課に縛られることなく食事も外出も自由が利いた。

藤之助はがらんとした道場を見回り、教授方の部屋に戻ろうとしたとき、訪《おとな》いを告げた者がいた。

江戸町の惣町乙名椚田太郎次だ。

「座光寺様、夕餉《ゆうげ》はまだですかえ」

「これから食堂に行こうかと思っておったところだ」

「ちょいと会って頂きたい方がいるんですがね、ご迷惑ですかえ」

「参ろう」

藤之助は即答した。

「座光寺様は多忙な日だったようですね」

「聞かれたか、太郎次どの」

「利賀崎六三郎らの弟たちが死に装束で道場に斬り込み、さんざ座光寺様に打ち据えられたとか。戸町の千人番所は大騒ぎですよ」

「噂は早いし、大仰だな」

「それにしても座光寺様の身辺慌《あわただ》しゅうございますな。今日だけでも出島でバッテン卿ら三人と試合をし、道場でまた五人の斬り込みを受けなさった」

「太郎次どのが申されたな。長崎というところ、新参者の腕を試すところだとな。それがし、未だ、長崎に受け入れられておらぬということか」

「いえね、それだけ座光寺様が長崎の皆に関心を持たれているということですよ」

「本日はどこへ連れていってくれるな」

「まあ、行ってのお楽しみということにしておきましょうか」

と答えた太郎次が、

「紅梅楼《こうばいろう》の女狐ですがね、あの夜以来長崎から姿を消したと思っておりましたらまた戻ってきたという噂がございますよ」

と囁《ささや》いた。

太郎次が紅梅楼の女狐と呼んだのは、江戸吉原の稲木楼《いなきろう》の抱え女郎の瀬紫《せむらさき》、本名おらんという女だった。

安政二年（一八五五）十月に起きた大地震の夜、吉原も壊滅的な被害を受けた。

その騒ぎの最中、瀬紫は馴染み客、座光寺左京為清《さきょうためすが》と計らい、妓楼《ぎろう》の金子八百四十余両を持ち出して吉原を逃散していた。左京為清は高家《こうけ》肝煎《きもいり》品川家《しながわけ》から座光寺家に婿入りした十二代目だった。

藤之助は先代の主を追い求める間に瀬紫が稀代《きたい》の悪女ということを承知した。

悪事を働いた先代の左京為清を討ち果たし、思いがけなくも主殺しの藤之助が座光寺家の新しい当主の座に就くことになった。

だが、左京為清と悪事を働いた瀬紫は本名のおらんに戻り、生き延びていた。

「紅梅楼で潜んでおるのか」

「いえ、唐寺で見かけた者がおりましてね」

「老陳も戻ってくるそうではないか。そのことと関わりがあろうか」

「ご存じでしたか。まず関わりがあると見たほうがようございますよ」

と太郎次が答えたとき、二人は出島と唐人荷物蔵の間の海岸に来ていた。

四

太郎次が手をくるくると回した。すると海に突き出して造られた唐人荷物蔵の石垣の下から小舟が漕ぎ寄せられてきた。湊内で使用される和式の舟だった。

「お付き合い願うところに顔出しするにはちと刻限が早過ぎます。その前にちょいと立ち寄りたきところがございます」

太郎次が船頭に手で何事か告げ、船頭が心得顔に大きく頷いた。

「この者、口と耳が不自由でしてな」

と手招きで呼んだ理由を太郎次が説明した。

二人を乗せた小舟は唐人荷物蔵を回り、陸地の唐人屋敷とを結ぶ橋下にはいっていった。

唐人屋敷の方角から日中の熱気の名残りを搔き回すような食べ物の匂いが押し寄せてきた。夕餉の仕度をする折に使われる油の熱せられた匂いだ。その中に強い香辛料の焦げた香りが含まれていた。

(なんだ)

藤之助は橋下の薄闇でなにかがうごめいているのを見た。それがしゃがんだ女らの塊だと分かったのは目が闇に慣れたあとだ。

「この者たち、長崎では平八《へいはち》と呼ばれる食売でしてな、奉行所は湊境の中での商いは許しておりませぬ。だが、橋の下はお目こぼしなんで」

「客は唐人か」

「へえ、水夫《かこ》なんぞが相手です」

と答えた太郎次が、

「ヒエダはおるか」

と呼ぶと猿のような動きで女が橋桁《はしげた》を伝い、小舟に乗り込んできた。

「手を出せ」

太郎次が言うと汚れた着物の袖から細い手がにゅっと出て、一朱を摑んだ。若いのか老いているのかさえ藤之助には推量が付かなかった。

「おまえ、紅梅楼の女主を南京寺《なんきんじ》で見たそうだな。一人か連れがいたか」

ヒエダが答えたが藤之助には通じない暗号のような言葉だった。

「なにっ、唐人二人と唐人の恰好をした和人の三人と一緒と申すか」

ヒエダが頷き、手でなにか形を作った。

「女が三人に金子を渡したのだな。その後、女は一人で寺を出たか」

ヒエダが頷き、またなにかを告げた。

「三人は唐人屋敷に戻ったというのだな。唐人の名は分からぬか」

鳥の囀《さえず》りのような言葉が一頻《ひとしき》り続き、

「鶏屋か」

という謎の言葉で太郎次とヒエダの会話は終わった。ヒエダと太郎次に呼ばれた平八が元の橋下の闇に戻った。

小舟が動き出し、すぐに止まった。

太郎次と藤之助が小舟を降りたのは唐人荷物蔵と橋で結ばれた唐人屋敷の荷揚場であった。

さらに強烈な匂いが荷揚場一帯に漂っていた。

「幕府に阿蘭陀人を押し込める出島と同じような唐人屋敷が長崎に出来たのは元禄《げんろく》二年（一六八九）のことでしてね、元々は十善寺《じゅうぜんじ》御薬園だった土地ですよ。いえ、それまではわっしらといっしょに町中に散宿しておりました。唐人に宿を貸した者は唐人の持ち込んだ荷を仲介する権利を持っておりましたのでね、その口銭《こうせん》だけで大変な額に及び、分限者《ぶんげんしゃ》になっていく。唐人が指定する差宿《さしやど》、会所が決める振宿《ふりやど》の習わしが崩れたのは密貿易などが増えて、長崎奉行所の手に負えなくなったからですよ」

「それで一ヵ所に押し込めることになったのですか」

「へえ、その広さは阿蘭陀屋敷の二倍以上の九千三百七十三坪でしてね、この中に総二階建ての唐人屋敷が二十棟、土蔵数棟、百七の店、天后堂、観音堂など数ヵ所、涼み所、溜池、井戸などがございましてな、迷路のような小道が走っております。とはいえ、和人で唐人屋敷のことを承知している者はおりません、すべて元禄の頃の話でねえ。この唐人住居を高い土塀が囲んだ地域内の諍《いさか》い、揉《も》め事、商いはすべて唐人の決まりごとによって裁かれる習わしでございます。出入り口には長崎会所の乙名部屋がございまして、唐人の出入りを唐人番と称する地役人が一応見張っております」

藤之助の頭の中に一つの世界が浮かんだ。

「むろん唐人屋敷に出入りするには、わっしら乙名が出した唐人出入札を持った者でなければなりません。だがね、奉行所の知らない抜け道がいくつかあることをわっしら長崎会所も承知していますのさ」

藤之助の頭に浮かんだ世界とは安政の大地震で壊滅し、ただ今は仮宅《かりたく》商いをしている色里御免《ごめん》の、

「吉原」

だった。

「何人おるのであろうか」

「会所の摑んでいる数字が当てになるかどうか」

太郎次は首を捻《ひね》った。

吉原の半分ほどの世界に何百人何千人かの唐人が押し込められ、交易に従事してい

るという。

太郎次は唐人屋敷の高塀に沿ってぐるりと回り、南東側へと藤之助を案内した。そこには土塀に接するように町家が櫛比《しっぴ》し、唐人屋敷から放たれる同じ匂いが漂っていた。

「ちょいと狭うございますぜ」

太郎次の体が路地に没し、藤之助が従った。両の肩が家々の壁や入口に接するほどの狭さ、屋内から聞こえてくる声から和人と唐人が混住しているのではないかと推測された。

すでに阿蘭陀人や唐人を限られた一角に押し込めることは無理が生じていた。鎖国策は長崎ではすでに有名無実なものだったのだ。

江戸がどう考えようと元禄以前から長崎は唐人を受け入れ、一緒に住んできたのだ。

迷路を幾曲がりもした太郎次は後ろの藤之助に声をかけた。

「着きました」

二人は唐人館のような二階家に囲まれた、小さな広場に出ていた。その一角に卓と椅子が並べられ、一人の老唐人が座していた。

太郎次が唐人語か、藤之助の分からぬ言葉で白髭《しらひげ》の老人に挨拶した。

「座光寺様、この黄武尊大人《こうぶそんたいじん》は差宿時代から長崎に関わりがある一族でしてね。わっしら長崎会所とも縁が深い長老です。唐人屋敷の筆頭差配でもございますよ」

藤之助は黄大人に会釈し、

「それがし、座光寺藤之助と申す」

と名乗った。

老人も頷いて藤之助に会釈を返し、二人に椅子に座るように手で示した。するとそれが合図であったように酒器が運ばれてきた。

黄大人が器を配り、酒器を捧げて琥珀《こはく》色の酒を注いだ。

藤之助らが長崎に到着した折、勝麟太郎らが歓迎会を催してくれた折に一度飲んだ酒に似ていた。

「老酒《ラオチュウ》とも土地の名をとって紹興酒《しょうこうしゅ》とも呼ばれる酒です。表店で飲ませる唐人の酒よりはるかに上等な甕出《かめだ》しの古酒ですぞ」

三人は酒器を上げて酒を干した。つーんと鼻腔をくすぐる香りは勝麟らと飲んだ酒よりもはるかにまろやかで、かつ濃い味わいだった。

「うまい」

藤之助の感想に黄大人がにっこりと笑った。

料理が次々に運ばれてきた。

「さあ、食べましょうか」

「太郎次どの、いきなり酒を飲み、料理を食して非礼ではないのか」

「なんの非礼がございましょうか。酒を飲み合い、心尽くしの料理を食べあってこそ互いの気持ちや立場を分かり合える、どこの国も一緒です」

「黄大人とそれがし、分かり合わねばならぬことがござろうか」

「共通の敵をお持ちです」

「ほう」

「飲みながら、食べながらわっしの話をまず聞いて下さい」

「承知した」

郷に入っては郷に従えとばかり、藤之助は腹を決めた。

「わっしら、和人がすべて同じ考えを持ち、同じ好みを持つとは限りませんように唐人もまた立場立場で考えも暮らし方も異なります。例えば黄大人の一族は元禄以前から長崎と関わりを持ってきた唐人です。江戸から一、二年だけ長崎にやってくる長崎奉行は別にして、わっしら長崎会所とは即《つ》かず離れず、それなりの信頼関係が保たれております、まあ、遠い縁戚より近きの他人という間柄と思って下さい。江戸の人間が考えれば、不法と思う抜け荷でもこの長崎では真っ当な商い、交易と考えられます」

　太郎次は言い切り、黄大人と藤之助の酒器に老酒を満たした。そして自らの器にも注ぎ、口を潤すように嘗《な》めた。

「重ねて申します。唐人屋敷に住む唐人たちと長崎は互いの立場を尊重し合い、理解に務めてきました。だが、そんな関係に水を差す者が出てきた。いえね、徳川様の幕藩体制が異国からの圧力でゆらゆらしているのに付け込んで、強引な抜け荷をしようという唐人たちが出てきた」

「黒蛇頭《くろじやとう》の老陳一味かな」

　黄大人が皺《しわ》だらけの顔に笑みを浮かべた。

「いかにもさようでございます」

　太郎次は答えると手にしていた酒器の酒を飲んだ。

「老陳一味は長崎と長く深いつながりを持つ唐人たちのやり方を無視し、強引な手法で荒稼ぎをしようとしている。こいつは長崎会所にとっても唐人屋敷の黄大人にとっても決して喜ぶべきことではございません。いくら風雲急を告げる時代とはいえ、相手のことを全く斟酌《しんしゃく》していない乱暴なやり口です。どんな時代にも許されるこっちゃない。早晩取り締まりに遭う、そのとき、困るのは長崎会所であり唐人屋敷だ」

「太郎次どの、だが、この唐人屋敷にも老陳の一味が入り込んでいるのではないか」

「へえ、おっしゃるとおりです。先ほど平八のヒエダが申しましたように紅梅楼の女主と話していた連中などはその手先にございましょう。すでに老陳一味と黄大人らは幾たびとなく闘争に及んでおります。海では老陳一味が、この長崎では黄大人の勢力が強い。だが、互いが相手を負かすほどのものでもない」

と太郎次はいい、黄大人を見た。

「座光寺様、そなたはわれらの救世主かもしれぬ」

黄大人の口からこの言葉が洩れた。

「黄大人、それがし、伝習所の剣術教授方にしか過ぎませぬ」

「いや、豆州下田湊で老陳の持ち船を一艘沈没させ、老陳の片腕副頭目の廷一渕《ていいちえん》を始末なされた」

「ちと曰《いわ》くがあってのことです」

黄大人は藤之助の曰くを承知のように首肯《しゅこう》し、

「酒をもそっと飲みなされ」

と勧めた。

太郎次が酒を注いだ。

「そなたがどう考えようと老陳一味を敵に回したことは明らか」

「とは申せ、黄大人、そなたと組む謂《いわ》れがござろうか。それがしは徳川幕府の直参旗本にござる」

「交代寄合衆、家禄は千四百十三石、この長崎では間口二間の商人がその何倍も稼いでおる」

「将軍家と家臣は禄高だけでつながってはおらぬ」

「和人がよく申す忠義の言葉だが建前でございましょう」

「黄大人、そう思われるか」

しばし口を噤《つぐ》んだ黄大人が、

「そうであったな。座光寺家は格別なつながりを将軍家とお持ちであったか」

と座光寺家と徳川家との密かな約定、

「首斬安堵《くびきりあんど》」

を承知している風情で呟《つぶや》き、自らを得心させた。

長崎の唐人にとって江戸の小さな動向も商いの浮沈を意味した。それだけに江戸では考えられない情報網が確立しておるのか、黄大人は藤之助のことを調べた上で面会していた。

藤之助は黄大人の呟きを敢えて聞き流した。

「座光寺様、そなたは幕臣の器を大きく越えておられる。屋台骨がぐらつく徳川様に忠義を尽くされておるとそなたも座光寺家も潰されます。長崎に参られたのはそなたにとって好機です。この地にて確かな足場を築きなされ、そのためには老陳を倒す要がある」

「黄大人と手を組めと申されるのだな」

「俗に敵の敵は味方といいましょうが」

今度は藤之助がしばし沈思し、にっこりと破顔した。

「黄大人、承知した」

藤之助は酒器を取ると黄大人、太郎次、そして、自らの酒器を満たした。

三人が酒器を上げて黙って飲み干した。

「これで成約なった」

と安堵の声を洩らした黄大人がぽんぽんと手を叩《たた》き、唐人の料理人を呼んで冷えた料理を台所に引き下げさせた。温かい料理を注文し直した、そんな感じだった。

「老陳の船が戻ってきたときいたが」

「野母崎《のもざき》沖に停泊しております。座光寺様、そなたの手が欲しいときは伝習所に遣いを走らせます」

「承った」

小さな広場に数人の唐人たちが姿を見せた。手に手に唐人の矛や薙刀《なぎなた》を手にして腰には青龍刀を下げていた。全員の弁髪《べんぱつ》には黒い布が結ばれて垂らされていた。

一団の中から叫び声が上がった。

唐人の言葉が激しく交された。

「藤之助様、唐人屋敷に巣《す》くう老陳の息がかかった連中ですよ。弁髪に黒い布を垂らしておりましょう、そのせいで黒布党《こっきんとう》と呼ばれております」

と教え、

「小太りの髭《ひげ》がおりましょう。あやつが南京寺で平八のヒエダが見た鶏屋の張玄光《ちょうげんこう》です」

「紅梅楼の女主から金子を受け取った男ですね」

「いかにも」

張らは矛や薙刀を突き付けた。

椅子から腰を上げた黄大人が料理店の奥に向ってなにか命じかけたのを藤之助が手で制した。

「黄大人、酒を馳走になった礼に一差し無粋な踊りをご披露しようか」

「ほう、信濃一傳流を見せて頂けますか」

黄大人が再び椅子に腰を落ち着けた。

代わって藤之助が卓に立てかけていた藤源次助真を手に立ち上がった。

それを見た鶏屋の張が思い出したように矛の先で差してなにか叫んだ。すると太郎次が、

「座光寺様と今頃気付いたようですな、紅梅楼の女狐に座光寺様を殺せとどうやら命じられてもおるようだ」

と太郎次が通詞した。

藤之助は小さな広場を改めて見回した。六間に八間ほどの敷地には石が敷き詰められてあった。

助真を腰に差し戻した。

黒布党の面々は思い思いの体勢で足場を固め、得物を突き出した。

「そなたらは知るまい。信濃国諏訪《すわ》から流れ出た水が天竜川となって遠州灘に注ぎ込

む。雪解け水を飲んだ川は激しくも奔流《ほんりゅう》し、岩場にぶつかっては四散致す。わが座光寺家伝来の信濃一傳流天竜暴れ水、とくと堪能あれ」

藤之助の言葉を聞いていた鶏屋が甲高い声で叫ぶと矛を手繰《たぐ》り、突き掛けてきた。

その瞬間、藤之助の五体が張とは反対側へと飛んでいた。飛びながら助真が抜き放たれた。

白い光になった刃が慌《あわ》てて突き掛けようとした薙刀の千段巻きを斬り放ち、その刃が捻《ひね》られると長衣を着た腹を深々と斬り割っていた。だが、次の瞬間にはさらに横手へと飛びながら、助真が別の相手に引き回された。

青龍刀が助真に合わされようとしたが藤之助の助真は迅速を極めて、青龍刀を握った黒布党の男の手首の腱を斬り裂いていた。

ぶらん

と手首が垂れて、黒布党の男が絶叫し、青龍刀が石畳に落ちて、

からから

と音を立てた。

藤之助が元の位置に飛び戻った。

黒布党の面々は一瞬の裡《うち》に二人に怪我を負わせた藤之助を呆然と見ていた。

太郎次が唐人の言葉で怒鳴った。すると呆然としていた連中が二人の怪我人を抱えて広場から慌《あわ》てて引き下がっていった。

「手加減をしたで、命には別状ござらぬ」

藤之助はだれ言うともなく呟いた。

黄大人の笑い声が広場に響いた。

「座光寺藤之助為清様を敵に回さなくてよかったぞ、江戸町惣町乙名」

「わっしが申した言葉に相違ございませんでしょうが」

藤之助と黄大人が手を組むことを企てた張本人が太郎次であることを示していた。

藤之助は血振りをすると助真を鞘《さや》に納めた。すると広場に新しく調理された料理が次々に運ばれてきた。

「さてわれら同盟の誓いのやり直しにございますよ」

と黄大人の言葉で宴が再開された。

第二章　文乃《あやの》からの便り

一

この日、昼餉《ひるげ》を終えた全伝習生と候補生は対岸の平戸《ひらど》小屋《ごや》大島崎に造成中の射撃場に鉄砲の演習に向かい、夕稽古《げいこ》は中止との知らせを藤之助《とうのすけ》は受けていた。

そこで昼から道場を独占して独り稽古に熱中した。木刀を使い、存分に汗を掻《か》いた。さらには藤源次《とうげんじ》助真《すけざね》に持ち換え、普段なかなかできない稽古に没頭した。

道場を一人で占拠して、濃密な時が流れた。

若い身空で幕府海軍伝習所の剣術教授方を任されたのは光栄でもあり、責任も重かった。それだけに自ら体をとことん苛《いじ》める稽古がこのところ出来なかった。そのせいで鬱々《うつうつ》とした不満が溜《た》まっていた。それを一気に吐き出すようにひたすら信濃一傳流《しなのいちでんりゅう》奥傳《おうでん》正舞四手従踊八手を正舞一の太刀から丹念に繰り返し稽古を積んだ。

助真の刃渡り二尺六寸五分がまるで藤之助の体の一部のように同化し、自在に動き、道場の空気と溶け込んだ。

緩やかに動かされていた刃に格子窓から差し込む光が反射した。

その光は日中の力強さを失い、黄金色に染まっていた。

（早《はや》夕刻か）

藤之助が思ったとき、道場の玄関に人の気配がして道場内を覗《のぞ》き込んでいたが、

「座光寺先生、江戸から御用船が着きましたぞ」

と伝習所の門番の一人が教えてくれた。

日が落ちるように静かに稽古を締めくくった藤之助は、

「今参る」

と声を返した。

助真を鞘《さや》に納め、見所《けんじょ》の神棚に拝礼した藤之助は、井戸端でざあっと汗を流し、稽古着から普段着に着替えた。助真を手に内玄関から大波戸《おおはと》に向かった。

大波戸には長崎奉行所や伝習所の雇員が詰めかけて江戸からきた御用船を迎えていた。

藤之助が大波戸の沖を見ると藤之助には懐かしい幕府御用船江戸丸《えどまる》が碇《いかり》を下したところだった。

藤之助と酒井栄五郎《さかいえいごろう》ら伝習所候補生十三人は江戸丸に乗船し、長崎に来たのだった。

藤之助が大波戸から手を翳《かざ》すと御船手同心《おふなてどうしん》にして船頭の滝口治平《たきぐちじへい》の姿が艫櫓《ともやぐら》にあり、係留作業の指揮に当たっていた。顔馴染《なじ》みの水夫《かこ》たちの顔も見えた。また藤之助らが船中稽古を行った甲板には幕府の役人らしい姿が数人あり、船着場から迎えの船が出ていった。

「歳月が流れるのは早いものじゃな、そなたらをこの場で迎えたのはつい先日のような気がしていたが、江戸丸が陣内嘉右衛門《じんないかえもん》どのを乗せて去り、また江戸から新しい人間を連れて参った」

声の主は伝習所総監永井尚志《ながいなおゆき》だ。

「総監、江戸丸はこのように短期間のうちに江戸と長崎を往来しておるのですか」

「此度《こたび》は間をおくことなく往復して参ったな。江戸で異変が起こったか、幕府のたれぞが思い付きで江戸丸の長崎派遣を命じられたか」

永井の顔は険しかったが、

「そなた、唐人屋敷の長老黄武尊大人《こうぶそんたいじん》と会ったそうだな」

と不意に話題が変えられた。

藤之助は永井の顔を振り見た。

永井は沖合いの江戸丸を見詰めていたので、厳しさのままの横顔しか目に入らなかった。

「座光寺、長崎は江戸と違い、狭い土地柄よ。その上、あれこれと人の目が光っておってのう、だれの行動もすぐに知れる」

永井は行動には慎重を期せと命じているのか。

「伝習所にとって、それがしが黄大人と付き合うことは不都合にございますか」

ふっふっふ
と永井の口から笑いが洩《も》れた。

「奉行の川村《かわむら》様とも話し合ったがそなたをただの剣術教授方にしておくのは勿体《もったい》ない。またそれだけで満足する座光寺《ざこうじ》藤之助でもあるまい。老陳《ろうちん》一味の船が帰ってきた今、そなたと黄大人が手を結ぶのは長崎奉行所にとっても悪いことではない」

「はあ」

藤之助は曖昧《あいまい》に頷《うなず》いた。

長崎での行動の自由を保障されたのかどうか判断が付かなかったからだ。

二人の視界の先では第一陣の下船者たちが迎えの船に乗っているのが見えた。

「ほう、小人目付《こびとめつけ》の宮内桐蔵《くないとうぞう》が参ったか」

知り合いか、永井が呟《つぶや》き、さらに言い足した。

「あやつは隠れきりしたん狩りの達人でな」

永井は三河奥殿藩《みかわおくどの》松平乗尹《まつだいらのりただ》の子として生まれ、直参《じきさん》旗本永井家に養子に出された人物だ。四十になったばかり働き盛りの幕臣であった。

「そなた、長崎にて稽古相手が見付からず不満が溜まっているのではないか。宮内は大和柳生《やまとやぎゅう》の免許皆伝者、なかなかの遣い手だ」

と説明し、

「明日から道場が賑《にぎ》やかになるわ」

とどこか楽しみな口調で呟いた。

迎えの船に立ったまま乗船する宮内は身丈五尺四寸ほどか。がっちりとした体付きでどっしりと据《す》わった腰が剣の熟練者であることを示していた。

塗笠を被《かぶ》った顔の両眼からは鋭い眼光が放たれ、長崎の変化を一つも見落とすまいという表情があった。歯を食い縛り、顎《あご》の張った顔はどこか蟹《かに》を連想させた。

「おいくつにございますか」

「三十三であったか、三であったか」

と答えた永井が、

「座光寺、長崎で好きなだけ羽根を伸ばせ。ただし長崎会所の連中には決して本心を見せてはならぬ」

と言った。

「どういうことにございますか。長崎会所は奉行所の支配下にあるのではございませんので」

「そうとばかりも言い切れまい。長崎には江戸者の言いなりにはならぬという長崎の生き方がある、そなたも早《はや》見えていよう」

藤之助はしばし沈思した。

「とくに高島の娘の虜《とりこ》になって骨抜きになるのではないぞ。そなた、まだ若いでな」

と永井は本気とも冗談ともつかぬ口調で忠告すると宮内らの乗る船が着く船着場に下りた。

どういう意味か。

直属上司の永井総監は高島玲奈の虜になるなと忠告した。だが、付き合うなとは言わなかった。この辺に永井総監の真意があるのではないか、玲奈を通して長崎会所の意向を探れとでもいうのか、なんとなく藤之助はそう考えた。

伊那《いな》の山猿が江戸に出て旗本家の当主となり、さらには長崎に下って幕府伝習所の剣術教授方を拝命したのだ。

激変の時代に弄《もてあそ》ばされているともいえた。ならば運命が導く末を己《おのれ》の目で確かめるのだ、だれにも簡単には魂は売らぬぞと藤之助は自らに言い聞かせた。

船着場から宮内を伴った永井が戻ってきた。

「此度《こたび》伝習所剣術教授方を拝命した座光寺藤之助だ、宮内」

宮内が、
じろり
と藤之助を見て、

「噂には聞いておりましたが、若い方ですな」

「宮内、その若さを甘く見ると手酷《てひど》い反撃を受けることになる」

と永井が忠告した。

「たれぞが座光寺様の犠牲になったかのように総監の言葉は聞こえます」

「宮内、佐賀藩の利賀崎六三郎《りがさきろくさぶろう》を承知であったな」

「分を知らぬ田舎者だが腕はなかなかと覚えております」

「そなたと竹刀を合わせたか」

「それがし、長崎に剣術《やっとう》の稽古に参っておるのではございません」

利賀崎など眼中にないと言外に言っていた。

「過日、中島川の河岸道で利賀崎と仲間の茂在某《しげありなにがし》の死体が発見された。二人はたれぞを待ち受けて襲った様子があり、反対に脳天と胴を斬られ、一撃で即死しておるのが見付かった」

宮内が藤之助を見上げた。二人の間には六寸ほど身長に差があった。

「座光寺どののお手並みと申されるので」

「宮内、それがしは長崎の近況をそなたに教えたまでだ。われらは共に幕臣、忠義を尽くす相手はただ一人《いちにん》だぞ」

と警告した。

「宮内どの」

と藤之助が宮内を呼んだ。

藤之助は直参旗本千四百十三石の当主だ。旗本を取り締るのが任とはいえ、十五俵一人扶持の小人目付とは身分に差があった。だが、年上であり、長崎を熟知する宮内に敬意を表して呼んでいた。

「そなたは隠れきりしたん狩りの名人だそうな、此度も同じ御用にございますか」

「座光寺様、隠れきりしたんに関心がお有りか」

「いえ、隠れきりしたんがいかなるものか爪の先ほども知りませんでな、興味があるか関心があるかは申せませぬ。ただどのような顔をしているものかと考えただけにございますよ」

「隠れきりしたんの普段の顔は百姓であり、漁師でござる。なんらわれらと変わりはござらぬ。だが、邪教を信じる奴らの腹の中は邪悪に満ちて真っ黒でしてな。座光寺様、隠れきりしたんは顔だけでは判別つきませぬ。だが、それがしには江戸であれ、長崎であれ邪教徒は匂いだけで分かり申す。そなたはなかなかの美男子でございますゆえどのような手で誘惑してくるやも知れませんぞ、ご注意あれ」

永井総監と同じく高島玲奈のことを言うのか。

藤之助の脳裏に洞窟の教会でオラショを唱える隠れきりしたんの光景が過《よぎ》った。

「そう致そう」

永井と長崎奉行所の方に歩きかけた宮内が、

「近々暇を見て剣術道場を伺《うかが》い申す」

「楽しみにござる」

藤之助をその場に残して二人が去っていった。

「座光寺様よ」

と海から潮風に鍛え上げられた声が響いた。振り向くまでもなく江戸丸の主船頭にして御船手方同心の滝口冶平だ。

「滝口どの、ご奉公多忙を極めておりますな」

「座光寺様もご身辺なかなか騒がしそうだ。それに早くも長崎に馴染まれた顔をされておられますぞ」

滝口の伝馬には江戸から長崎へと公用嚢《ぶくろ》が何袋も積まれていた。

「そこそこに長崎の暮らしを楽しんでおる」

「江戸が恋しくはございませんか」

「慌《あわただ》しい日々に追われて思い出す暇もない」

「おや、それではお届けしたかいがございませんな」

「なんぞそれがしにござるか」

「ほれ、このように何通も書状が届いておりますぞ」

と滝口が油紙に包まれ、麻紐で結ばれた包みを差し上げた。

「ご面倒をお掛け申した」

藤之助は船着場に下りた。

伝馬の舳先《へさき》が船着場にあたり、滝口が飛び上がってきた。

「確かにお渡ししましたぜ」

「滝口どの、何日長崎に滞在なされるな」

「さて御用次第ではすぐにも江戸に戻ることになりましょうが、私の勘では十日ほどは帆を休めるのではないかと思えます」

「ならば十二人の伝習候補生を集めます。一夕酒を酌み交わしませぬか」

「どこぞよい店を見つけましたか」

「そこまでいっておらぬ、たれぞに聞いておくでな」

「楽しみにしておりますよ」

滝口治平は長崎奉行所西役所に公用嚢を水夫らに担がせて向かった。

藤之助はしばし考えた末に伝習所には戻らず町中へと足を向けた。

「御免《ごめん》下され」

藤之助が立ち寄ったのは、

「不老仙菓長崎根本製　福砂屋」

と看板がかかった老舗の菓子舗であった。

店の創業が寛永《かんえい》元年（一六二四）という福砂屋では二代目武八が葡萄牙《ポルトガル》人に直伝されたカステイラが名物だった。

藤之助は老中首座堀田正睦《ほったまさよし》の年寄目付陣内嘉右衛門《じんないかえもん》に連れてこられ、その風味のある味わいの虜になっていた。嘉右衛門が江戸に去った後、二度ほど一人できて、砂糖、双目糖《ざらめとう》、卵黄、小麦粉を混ぜて練り上げた焼き菓子を賞味していた。

「おや、座光寺様、今日の夕稽古はお休みにございますか」

番頭の早右衛門《そうえもん》が声をかけてきた。

「伝習生と候補生の全員が射撃演習に出ておってな、それがし、無聊《ぶりよう》を託《かこ》っておる。そんなところに江戸から御用船が到着し、それがしにも文が届いた。こちらの座敷は風がとおるでな、上がらせてもらえぬかと思うて参った」

「それはよう思い出して頂きました。ささっ、奥へと」

いつもの店の裏手の、中庭に面した座敷に通された。縁側の鉢植えの夏菊が目に染みた。

藤之助は刀から小柄を抜き、麻紐を切った。油紙を解くと手紙が三通出てきた。

分厚い書状は陣内嘉右衛門からだ。残りの二通は座光寺家の引田武兵衛《ひきたたけべえ》と奥女中の文乃《あやの》からだった。嘉右衛門の書状は後回しにした。

まず藤之助は文乃の手紙の封を披《ひら》いた。文乃は麴町《こうじまち》の武具商甲斐屋佑八《かいやすけはち》の娘で座光寺家に行儀見習いにきている娘だ。

「藤之助様、お列《れつ》様が夏の強い光に目を患《わずら》われ、不自由ゆえ私が代筆することになりました。いえ、お列様の目はいつものこと、秋になれば治ります。

長崎はいかがですか。食べ物は合いますか、水にはあたりませんか。異人は見かけましたか」

文乃の文は藤之助と二人のときに話す口調そのままだ。

「江戸はなにも変わりはございません。大地震の後片付けも未だ終わっておりませぬ、この冬が来れば長屋を潰《つぶ》された方々はどうなされるのかと案じる声があちらこちらから聞こえてきます。

城中の能無し様、いえ、あたしが言ったんじゃありません、牛込柳町《うしごめやなぎちょう》の床屋の親方の言葉です。あたしもそう思います。ともかく幕府は無為無策です。

座光寺家は藤之助様が長崎に参られたので、火が消えたように寂しくなりました。でも、藤之助様が始められた朝稽古は男衆全員でかたちばかりですけど、頑張っておられます。ご安心下さい。

文乃の身辺は実家よりそろそろお暇を頂いて家に戻り、嫁に行けと言ってきます。文乃は藤之助様が江戸に戻られるまでお屋敷でご奉公続けるつもりです。

いいですよね。

先日、長崎よりお送り頂いたカステイラと申す南蛮の焼き菓子、お列様から許しがあって奉公人全員が少しずつ頂戴致し、賞味しましたがその美味《おい》しいことといったら頬《ほお》が落ちるばかりです。文乃はカステイラを食しに長崎に参りたくなりました。福砂屋様にお礼を申し上げて下さい……」

藤之助は人の気配に文から目を上げた。すると十四、五歳の愛らしい娘がお盆に茶とカステイラを載せて運んできた。

「造作をかける」

「いらっしゃいませ」

恥ずかしそうに娘が言った。

「そなた、当家の娘御かな」

「はい。あやめと申します」

「あやめどのか、夏のお生まれか」

「はい」

と顔に固い笑みを浮かべたあやめが藤之助の前に茶菓を緊張した手付きで供すると急いで下がっていった。

藤之助は茶を喫し、カステイラを食して、

「いつものことながら美味いぞ」

と独り言を洩らした。文に目を戻すと、

「……お列様は仏壇に供えられたカステイラも密かに食されました。それほど南蛮菓子の味は座光寺家に好評でございました。実家で話しますとそのような菓子なれば江戸で売り出しても人気が出ようと、番頭の篤蔵《とくぞう》は頭の中で算盤《そろばん》勘定しているような顔付きをしておりました。ともかく藤之助様は怪我などなきよう、病気などなさいませぬようにご奉公にお励み下さい、お列様代筆文乃」

藤之助は、

「養母上《ははうえ》の代筆の体をなしておらぬな。だが、カステイラの評判がよかったことだけはよう伝わってくるわ。待てよ、これは新たに送れという催促であろうか」

と考えながら、文乃の書状から家老の引田武兵衛の文へと封を披いた。

細々とした数字が目に飛び込んできた。引田はいきなり座光寺家の家計の収支を報告していた。

「なんだ、これは」

藤之助は最後まで数字が続くのかと慌てて書状の終わりを見た。そこにようやく文字が見えた。曰《いわ》く、

「……老中首座堀田様年寄目付陣内嘉右衛門様より御役料五百両の内、半金の二百五十両のお届けあり。座光寺家向後の暮らし向きを案じておりました最中ほっと安堵の思いに御座候」

とあった。

二

嘉右衛門の書状を開けようかどうしようかと迷っていると番頭の早右衛門が姿を見せた。

「伝習生方が湊にお帰りになったそうです」

「迎えに参ろうか」

と応じた藤之助は、

「福砂屋さんには愛らしい娘御がおられるな」

「あやめ様のことですか。こちらには三人の器量よしがおられましてな、上からみずき様、かえで様、あやめ様と十六、十五、十四歳と年子にございますよ。若い盛りです、座光寺様の評判にお茶をお運びすることにかこつけて、お顔を拝見しようという相談がなったようで、末娘のあやめ様が姉様方に命じられて座光寺様の許へお出になられたのです」

「伊那《いな》の山猿でがっかりさせたであろう、気の毒にな」

「いえ、うちでは女中を含めて座光寺様の評判は高まるばかりです」

「番頭どの、誉められてもなにも出ぬ」

藤之助は茶菓のお代を何がしか盆に置いて立ち上がった。

「そのようなことをなさる江戸のお方は少のうございます」

「私の気のすむようにさせてくれ」

笑みで答えた早右衛門が、

「座光寺様、戸町《とまち》の千人番所の宿営でえらいことが起こったのを承知しておられますか」

「なにがあったな」

「佐賀藩子弟の利賀崎武雄、茂在彪介様ら五人がなんの咎《とが》めか切腹させられたそうでございます、恐ろしかことですたい」

「なんと申されましたな」

「千人番所では武士の体面を考えての切腹、斬り捨てでないだけ名誉なことであったと噂が飛んでおるそうです」

藤之助が船大工町に出ると町には常夜灯が点《とも》っていた。

町屋を大波戸に向おうとすると子供らが竹棒の先を地面に垂らして家路を急いでいた。

「紺屋町《こうやまち》の上野は花屋の向こう角、夕方にゃあんねどんが酒ダルぶうらぶら」

「遊びにいくなら花月か中の茶屋　梅ぞの裏門叩《たた》いて丸山ぶうらぶら　ぶらりぶらりというたもんだいちゅう」

と流行のぶらぶら節がその口から突いて出た。

藤之助が長崎にきた数年前の嘉永《かえい》六年（一八五三）七月、おろしゃのプチャーチン提督が長崎に入津《にゅうしん》し、通商を迫った。しびれを切らしたプチャーチンは江戸に近い下《しも》田湊《だみなと》へ艦隊を移動させることになる。

嘉永七年は正月に安政《あんせい》元年と改元した。

その頃、ぶらぶら節も流行《はや》り始めたのだ。

「嘉永七年きのえのとらの年、四郎ヶ島見物がてらにおろしゃがぶうらぶら」

今では丸山の遊里などでも歌われるようになっていた。

子供らは意味も分からず怒鳴るように歌って消えた。

藤之助が大波戸に到着するとスンビン号など数隻の船から伝馬や艀《はしげ》に分乗して伝習生や候補生が上陸してきた。

全員が猛訓練を想像させて、ゲーベル銃を担いでげんなりと疲れ切った顔をしていた。

前年、幕府が阿蘭陀《オランダ》を通して購入したゲーベル銃六千挺のうち二千挺が海軍伝習所用に長崎に残されていたのだ。この鉄砲を使い、まだ完成には至らぬ射撃場で演習が行なわれたのだ。

伝馬の中に寝かされたものがいた。そのかたわらに酒井栄五郎や一柳聖次郎《ひとつやなぎせいじろう》の心配そうな顔が見えた。

「どうした、栄五郎」

藤之助が声をかけると、

「ゲーベル銃が銃弾詰まりを起こして能勢《のせ》隈之助《くまのすけ》の手元で暴発しおって、両手と顔を怪我したのだ」

と栄五郎が理由を説明した。

伝馬の中に寝かされた能勢はじいっとしていた。

聖次郎が伝馬の舳先が船着場に着く前に藤之助のかたわらに飛び上がり、

「ゲーベル銃は年代ものが混じっておる、そいつがしばしば暴発するのだ」

と吐き捨てた。

「能勢の具合はどうだ」

「顔は大したことがないが左手が酷《ひど》い。だが、応急治療をした医師の話では命に別状ないそうだ。これから伝習所病院へ運んで手術が行なわれるのだ」

と疲労の声で答えた。

藤之助も手伝い、担架に乗せられた能勢を伝馬から船着場に揚げた。

「能勢、しっかり致せ」

隈之助の顔の左半分が白布で覆われ、血が滲《にじ》んでいた。片目をうっすらと開けた隈之助が、

「座光寺先生ですか、左手がやばい」

と青い顔で答えた。

「お医師どのに任せよ、明日にも見舞いに参る」

頷いた能勢隈之助が病院へと運ばれていった。

「糞っ」

と栄五郎が叫んだ。

「異国に騙《だま》されてくずものを摑《つか》まされた。そのせいで隈之助のように事故が起きる！」

「酒井、それがわれらの置かれた立場だ。どんな古い武器を異人の商人に押し付けられようと判断すべき知識がない。悔しかったら今の何倍も勉学して異人らの知恵と技に追いつかねばならぬ」

いつの間に来たか、勝麟太郎《かつりんたろう》が藤之助の傍に立っていて栄五郎を諫《いさ》めた。

「勝麟先生、悔しいです」

「われらは何百年も太平の眠りを貪《むさぼ》っていたのだ、そのツケを今払わされておるのだ」

幕臣が言い切った。

「はっ、はい」

畏《かしこ》まった栄五郎ら候補生が重い足取りで伝習所寄宿舎へと向った。

「勝先生、ご苦労にございました」

藤之助は改めて勝麟を労《ねぎら》った。

勝は海軍伝習所第一期生であると同時に海軍伝習重立取締という伝習生の指導世話方も兼任させられ、寝る時間もない日々であった。

「栄五郎の怒りも分からぬではないが今は隠忍自重して進んだ異国の科学を学ぶときだ」

と自らに言い聞かせるように勝麟は言い、

「そうだ、射撃場でな、フューレ士官がそなたのことを誉めそやしておったぞ。出島での剣術試合で完敗したのがよほど悔しかったと見える」

「こちらの勝手が分からなかったのでしょう」

「それは互いよ。フューレらが悟ったのはそなたの器の大きさだ、異人にも分かると見える。藤之助はいずれ日本を背負う人物になるとおれに何度も言った」

「買いかぶりというものです、勝先生」

「座光寺藤之助、おれの考えも一緒だ。焦るなよ、今はゆっくりと変わり行く時代を観察するのだ、幕府が禁じたことでも構わぬ、見る機会があればどんどん見よ」

と言った勝麟は不意に苦笑いして、

「おれも疲れておるようだ。教授方の座光寺先生に説教なんぞをしてしまった、許せ」

という言葉を残して勝が大波戸から伝習所に向った。

いつのまにか大波戸に夜が訪れていた。

湊に停泊するスンビン号の明かりが水に映じて美しい。

伝習所食堂《じきどう》に行こうかと考える藤之助に声がかかった。

水上からだ。男の声に聞き覚えがあった。

「誘いか」

「はい」

藤之助は艀に飛び乗った。艀はすぐに船着場を離れて、闇に紛れた。艀は六町余り離れた対岸の稲佐《いなさ》に向っていた。

ばたばたと風に帆が鳴る音がした。

艀に小さな小帆艇レイナ号が寄ってきた、巧みな操船は高島玲奈《たかしまれいな》だ。

「藤之助、こちらへ」

玲奈に誘われて、藤之助は藤源次助真を手に艀からレイナ号へと乗り移った。艀が無言のままに長崎の町へと戻っていく。

レイナ号はゆっくりと湊の奥へと向った。

うすぼんやりとした月光に黒い衣装の玲奈の白い顔だけが闇にうっすらと浮かんでいた。

「酒と食べ物はあるわ、自由に食べなさい」

船底に籐《とう》で編んだ籠が置かれてあった。

藤之助が蓋を開けると、ぎやまんの器に南蛮の赤い酒葡萄酒《チンタ》が入っていた。グラスにチンタを注いで一口飲んだ。

「私にも」

「これは迂闊《うかつ》であった」

藤之助が別のグラスに酒を注ごうとすると、

「藤之助のものでいいわ」

と玲奈が命じた。

藤之助は船尾で舵《かじ》棒を操る玲奈のかたわらに座り、飲みかけのグラスを渡した。

「ありがとう」

玲奈がグラスの酒を音もなく口に含んだ。そして、藤之助の顔に近付けた。

唇が合わされた。

その瞬間、藤之助の口に赤い酒チンタが注ぎ込まれた。

藤之助は玲奈の香と一緒にチンタを飲み干した。

「どうしたのだ」

「嫌な奴が江戸から来たわ」

「宮内桐蔵か」

「小人目付の特技を承知」

「隠れきりしたん狩りと聞いた」

闇の中で玲奈の吐息を感じた。

「あいつのために平戸や浦上の隠れきりしたんが何人も捕縛され、殺された」

「鼻が利くと自慢しておった」

「鼻が利くか。藤之助、罪もない百姓衆があやつのために牢に入れられ、殺されたのよ。鼻が利くのはたしかだけどあてにはならないわ」

藤之助は籐の籠を二人の足元まで運んできて、玲奈のグラスに新たな酒を注いだ。

「きりしたんの神をデウスというの、赤い葡萄酒はデウスの血よ」

玲奈が少し飲んでグラスを藤之助に渡した。

「玲奈、なぜ異人の神を信心するのだ」

「私にも半分異人の血が入っていることを忘れたの」

「そうであったな。だが、そなたはこの長崎に住んでおる」

玲奈はしばし沈思した。

「私は藤之助を説得するような真似はしたくない。あなたの目であなたの真実を確かめなさい、その手伝いは出来るわ」

「同じような言葉を聞く日だ」

「だれが玲奈と同じことを言ったの」

「勝麟太郎先生からだ」

と先ほどの会話を告げた。

「さすがに勝麟ね、彼もまた器が大きいわ。だけど、藤之助とは違う」

「勝先生はすでに異国を承知だ、それがしよりもはるか遠くを走っておられる」

「藤之助、知識は学ぶ気持ちがあればいつでもできる。だけど持って生まれた人間の器は変えられないわ」

藤之助は玲奈の手からグラスを取り、酒を飲んだ。

「籠につまみがあるわ」

皿に丸くて薄いものが何種類か飾られてあった。

「食べてご覧なさい」

藤之助は一枚摘《つま》んで食べてみた。これまで味わったこともない美味だった。

「獣の肉を細かく潰して調理し血と一緒に動物の腸に詰めたものよ、チョリソーというの」

「獣の肉と血か」

「豚という動物」

「美味いものだな」

「藤之助のよいところは自分の舌で味わい、判断を下すところよ。だけど江戸から来た役人の多くはお上が命じたことをそのまま鵜呑みにしたり、迷信のような考えに捉《とら》われてなんでも試みようとはしない、なんでも拒むわ。この長崎の人間は異国の事物に接し、自らの判断でそれが好きか嫌いか、役に立つか立たないか決めてきたの」

「隠れきりしたんへの帰依《きえ》もそうか」

「藤之助、すぐに答えを出さないでね」

「自らの目で見よか」

「そのとおりよ」

海上に靄《もや》が湧き、長崎の町の明かりをぼんやりとしたものに変えていた。

月明かりと相俟《あいま》って幻想的な海の上だった。

玲奈と藤之助はチンタを飲み、チョリソーやハムを食べ、最後に山羊《やぎ》の乳から出来たというチーズを麵麭《パン》に挟んで食べた。

その合間に玲奈は器用に舵棒を操作してレイナ号の方向を転じた。

「玲奈、なんぞそれがしに頼みがあったのではないか」

「頼みごとはあったわ。だけど会ったらもういいって分かったの」

「分からぬな」

「藤之助、私は分かっているわ」

玲奈は足元に置いてあった革鞄の蓋を開いて、

「あなたに贈り物よ」

と渡した。

月明かりにそれが黒光りした連発式の短銃であることが分かった。

「亜米利加《アメリカ》国のスミス・アンド・ウエッソン社製の輪胴式連発短銃《リムファイヤーリボルバー》の試作品よ。この前、うちで試した決闘用の銃身の長い短銃は実戦には向かない、だけど、これは藤之助の懐に隠し持っていてもだれにも気付かれないし、五発立て続けに発射できるわ」

スミス・アンド・ウエッソン社では仏蘭西人《フランス》フローベルからリムファイヤー（縁打ち式）薬莢《やっきょう》の特許を買い取り、試作を続けてきた。これは薬莢底部分に雷管を仕込み、薬莢底の縁を叩《たた》くと雷管が発火、火薬が燃焼するという画期的な発明だった。

このリムファイヤー式第一号がモデル1、二十二口径七連発として一八五七年に発売される。だが、藤之助が玲奈から贈られた輪胴式短銃はその試作品の一つで、より威力の強い三十二口径五連発だった。これは後に三十二口径1／2ファースト・イシュー五連発として市場に出回ることになる。

「射撃場でゲーベル銃が弾詰まりを起こし、手の中で暴発して候補生が怪我を負った」

「ゲーベル銃はもはや異国では使われない銃なの。このリボルバーは一発撃つごとにこの弾装のレバーを引いて次の銃弾を送り込むの。銃弾詰まりは起こさないわ」

「それがしのものか」

「それが役に立つときが来るわ」

藤之助は手の中で馴染《なじ》ませるように銃把《じゅうは》を握り締め、薄い月光に照らされた長崎の町の明かりに狙いを定めたりした。

玲奈が小帆艇レイナ号の方向を変えた。そのとき、

「おや、無粋な船が邪魔に入ったわ」

三挺櫓《ろ》の早船が矢のように接近してきていた。

「藤之助、隠れきりしたん狩りの達人宮内桐蔵よ。鞄に頭巾《ずきん》がある。顔を隠しなさい」

「なぜ小人目付はそなたを狙う」

「今一つ確証がとれなくて執拗に付け狙うのよ。もう一つの理由は私が高島了悦の孫娘ということ。異国の船が押し寄せる時代よ、この長崎では高島家の孫娘に曖昧《あいまい》な理由で手が出せないわ」

藤之助は短銃が仕舞われていた革鞄から黒い三角頭巾を摑み出した。その一枚を玲奈が覆い、もう一つを藤之助が頭からすっぽりと被《かぶ》った。すると腰の辺りまで黒頭巾で隠され、目玉だけが覗いた。

舵棒を操作する玲奈は方向を転じ、猛然と突進してくる早船を後方に付かせた。

帆がばたばたと鳴った。帆は半分ほどしか風を受けていなかった。そのせいでレイナ号の速度はそう上がらなかった。

早船が一町と迫った。

その舳先に宮内桐蔵が屹立《きつりつ》していた。船頭の他に奉行所のきりしたん取締り役人が数人乗っていた。

その一人が腰に抱えて撃つ手筒を持参していた。西洋式の砲術ほど威力はないが近距離で命中すれば玲奈のレイナ号を破壊するくらいの力を持っていた。だが、有効射程はせいぜい半町ほどだ。それすら的確な狙いがなかなか定まらなかった。

「奉行所の手筒方の腕前は悪くないわ」

手筒方が火縄に火を点けて構えた。

玲奈が風を十分に拾うように舵棒を操作した。鳴っていた帆が風を孕《はら》んだ。

帆船は船足を上げた。

その瞬間、轟然《ごうぜん》と手筒が火を吹いた。

玲奈が舵棒を大きく操作した。

レイナ号は右舷へと大きく転進し、今まで小帆艇が進んでいた虚空を鉄玉が風を切って飛んでいき、海に落ちた。

一瞬の裡《うち》にレイナ号と早船の距離は二町から三町と開いていた。

「藤之助、やられっ放しじゃつまらないわ。リボルバーの試し撃ちをしてごらんなさい」

玲奈が大胆なことを藤之助に命じるとレイナ号の方向を大きく転じた。

手筒方が次なる射撃の用意をしていた。
玲奈は十分に手筒方に時間の猶予を与えた。
レイナ号と早船が向き合い、互いが最大船足に上げた。
見る見る二艘の船の間が縮まった。
早船の櫓《ろ》の軋《きし》みの間がつまってきた。
玲奈は早船の横手半町のところをすれ違おうと舵を切った。
手筒方が再び構えた。
藤之助もリボルバー短銃の撃鉄を起こし、構えると引き金に指をかけた。
「藤之助、私を抱くときと同じように優しく引き金を絞るのよ」
「承知した」
早船とレイナ号が間合い二十間ほどですれ違おうとした。
宮内は刀を杖に相変わらず舳先に超然と立っていた。
手筒が火を吹いた。
ずどーん！
遅れて藤之助のリボルバーの引き金を絞った。
パーン！

という乾いた音がして、銃弾は早船の真ん中の喫水近くに命中して船縁《ふなべり》に穴を開けた。

手筒から打ち出された鉄玉は帆船の通り過ぎた虚空を過《よぎ》って再び夜の海に着水した。

玲奈が嬉しそうに笑った。

早船は船足を落とし、穴から浸水するのを止めようとしていた。

レイナ号はさらに湊の入口へと向って疾走していた。

玲奈が頭巾を脱ぎ捨て、

「藤之助、なかなか覚えがいいわ」

と誉めた。

その体を藤之助の両腕が優しく抱くと玲奈が舵棒を離してしっかりと受け止めた。

三

未明、藤之助はいつものように伝習所の師範方宿舎を出ると井戸端で下帯一つになって水を被り、下帯を替え、稽古着に着替えた後、道場に出た。

道場は真っ暗でだれもいない。

藤之助はまず神棚の水を替え、灯明を点して拝礼した。

清々しい気持ちになったところで一刻（二時間）だれにも煩《わずら》わされない独り稽古に没頭した。

神棚の灯明の明かりが広大な道場の唯一の光だが、藤之助には十分なものだった。明かりが位置を教えてくれた、さすれば闇の道場の広さは藤之助の体が承知していた。

木刀を手に体を温め、藤源次助真に替えて信濃一傳流の奥傳正従十二手のかたちを丁寧に繰り返した。それでほぼ半刻が過ぎた。

再び木刀を手にした藤之助は片隅にひっそりと座す人影を認めた。

伝習生でも候補生でもなかった。

小人目付の宮内桐蔵だ。

宮内は半眼で座禅でも組んでいる様子があった。

用事があれば先方から声を掛けてこようと考えた藤之助は、自らの稽古を再開した。

その最中に伝習生らが一人ふたりと姿を見せ、さらに千人番所の佐賀藩兵が隊伍をなして道場入りし、急に賑やかになった。

藤之助の独り稽古が終わる刻限だった。

「お早うござる」

若い教授方の挨拶《あいさつ》に思い思いに体を動かし始めていた人々から、

「お早うございます」

の返礼が戻り、一旦《いったん》稽古を止めた全員は神棚に向い、正座して拝礼をなした。

伝習所の朝稽古が始まろうとしていた。すでに道場には二百人前後の人々が集まっていた。

第一期生の勝麟太郎、永持享次郎《ながもちきようじろう》、川村純義《かわむらすみよし》、五代友厚《ごだいともあつ》、矢田堀景蔵《やたぼりけいぞう》、佐野常民《さのつねたみ》らから候補生の榎本釜次郎ら、さらには藤之助と一緒に江戸丸で長崎入りした酒井栄五郎らも顔を揃《そろ》えていた。

防具を着けた者、素面、素小手の者と様々だがおのれの流儀に従い、打ち合い稽古、独り稽古が本式に始まった。

藤之助が教授方に就いて新たに師範代が選抜された。伝習所からは勝麟太郎ら二名が、千人番所から御番組頭の三谷権之兵衛《みたにごんのひようえ》、市橋武右衛門《いちはしぶえもん》と四人が就任し、若い藤之助を補佐することになった。

勝麟ら師範代が広い道場に散り、自らの稽古をしつつ伝習生や候補生の動きを注視していた。

藤之助は道場の片隅で座す宮内が道場の仕来《しきた》りを一切無視して監察する様子に目を止めたが、声を掛けることはなかった。勝麟らもそのことを承知していたが、隠れきりしたん狩りの達人がその場にいないかのように振舞っていた。

この朝、薩摩藩から海軍伝習所入りしていた五代が一人の若者を連れて、藤之助の元へやってきた。

「座光寺先生、この若者《にせ》ば紹介し申そ。薩摩から昨日長崎入りし申した東郷加太義《とうごうかたよし》にごわん。こんに信濃一傳流の厳しさを教えて遣《つか》あさい」

東郷は藤之助とほぼ年恰好が一緒に思えた。

顔立ちは薩摩者に似合わず優しかった。だが、五尺五寸の体格は胸幅も厚く、足腰もがっちりして尻の据わりにも安定があった。

薩摩藩士ならばお家流の示現流《じげんりゅう》を遣うであろう、その示現流の流祖は東郷重位《しげかた》だ。加太義も東郷が姓なれば一族か。

「先生、お願いし申そ」

甲高い声だった。

稽古着に木刀を手にした加太義に、

「まずは竹刀に持ち替えましょうか」

と木刀の打ち合い稽古を竹刀に替えることを提案した。

加太義の顔に一瞬不満の様子が走ったが、すぐに頷いて教授方の藤之助の指示に従った。

長崎の海軍伝習所には幕臣、各大名家の俊英たちが参集していた。異国の進んだ学問を学ぶためだ。その一環として剣術稽古も組み込まれていたが、剣術稽古で無意味な怪我は絶対に避けたいと藤之助は考えていた。それだけ有為な才能を潰したくないと思っていたからだ。

木刀で打ち合いすれば一瞬の動きの狂いに大怪我が生じることになる、まして初めての人間との立合いは注意が要《い》った。

藤之助は神棚に向かって右に位置し、加太義は反対に左に位置をとった。

右は打太刀を務める上位の場だ。

打太刀は初心の者に対して技の先導を務めて、相手に攻める機会を与えるのが務め、どの流儀でもおよその習わしだった。

だが、加太義と藤之助の初めての稽古は型どおりにはいかなかった。

「失礼ばたもんそ」

といきなり加太義は竹刀を高々と振り上げ、腹に息を溜《た》めて顔を紅潮させると、
きえええいっ
という奇声を発した。

道場の全員がその声に注目したほどの気合だった。

藤之助は正眼に竹刀を構えた。

その瞬間、加太義が藤之助に突進して加速を付けて飛び上がり、頭上から竹刀を懸《けん》河《が》の勢いで藤之助の脳天へと打ち込んだ。

藤之助は不動のまま、剛直な上段の打ち込みをしなやかに弾いた。

加太義は竹刀ごと体を流され、床に膝を曲げて着地すると衝撃を和らげた。すぐに体を反転させると飛び上がり二撃、三撃と矢継ぎ早に薩摩示現流の険しい打撃を藤之助に見舞った。

だが、藤之助に悉《ことごと》く躱《かわ》された。

稽古を止めた栄五郎らは不動の藤之助の周りを加太義がくるくると走り回らされ、飛び跳ねさせられるのを気の毒そうな顔で見ていた。

「まるで闘犬だな」

と聖次郎が栄五郎に言う。

「薩摩示現流はああ一の太刀を外されると他愛ないな」

「なにせ相手が天竜暴れ水の達人だ、暴れることにかけては薩摩示現流に負けてはおらぬからな」

「それが牙を隠して闘犬を仕込んでござる」

と笑い合った。

だが、東郷加太義自身は、藤之助の構えを崩そうと必死で自らの無益な動きに気付いていなかった。

そのうち攻める加太義の息が弾み始めた。

「加太義、おはん、犬《いん》の喧嘩ば座光寺先生に仕掛けちょるか」

五代が見掛ねたように大声で注意した。

はっ
と気付いた加太義が藤之助の泰然自若とした様子に打ち込みを止めようとしたが、

「東郷どの、得心のいくまで攻めなされ。稽古において中途半端が一番いかぬ」

と藤之助に注意され、

「御免なったもし」

と叫ぶと間合いを取った。

短く呼吸を整えた東郷加太義が、
きええいっ
と気合を入れ直し、真っ直ぐに藤之助に向かい、突進してきた。

今や剣術道場のだれもが自らの稽古を休め、奇妙な打ち込み稽古を見ていた。

ちぇーすと！

新たな気合とともに加太義の体が虚空に高々と舞い上がり、竹刀が大きく背中を打つほどに回され、跳躍から着地に移る力を加えて藤之助の脳天へと電撃のように見舞った。

一撃一倒。

薩摩示現流の必殺の攻撃だった。

藤之助は加太義をぎりぎりまで引き付け、正眼の竹刀を自らと一体にして飛び込んでくる振り下ろしを弾いた。

一見軽く弾かれたように見えた打撃だが、加太義はその振り下ろしに精魂を込めていた。竹刀を軽々と弾かれて体ごと横手に吹っ飛び、道場の床に腰から落ちて転がった。

うっ
と痛みに呻《うめ》き声を上げた加太義が辺りを見回した。すると眼前に藤之助の長身があって、にこやかな笑みの顔が見下ろしていた。

「続けられますか」

その場に必死で正座した東郷加太義が、
がばっ
と額を道場の床に擦り付け、

「座光寺先生、醜態ば晒《さら》し申した。おいどん、負けにごわす」

と声を縛り出して言うとぼろぼろと大粒の泪《なみだ》を浮かべ、

「悔しか、うっ死んで仕舞うごわす」

と泣き出した。

その反応に怒声で応えたのは同藩の五代友厚だ。

「愚か者めが！　おはん、先生に勝負を挑んだつもりか、身の程を知れ！」

「はっ」

泪を止めた加太義が今度は五代の前に這《は》い蹲《つくば》った。

「おはんが醜態を晒したは剣術の未熟さではなか。先生のご指導を勝ち負けに拘《こだわ》る心得違い、おはんの狭きその心根じゃっど。ここに集まられた方々はおのれの藩などに拘泥《こうでい》し、剣術の流儀など拘っておられぬ方ばかりだぞ、異国を見据えて切磋《せっさ》琢磨《たくま》学んでおられるのだ。東郷加太義、考え違いを致すでなか！」

五代の怒声はその場の全員の胸にぴりぴりと響いた。

藤之助は道場の隅から、
すうっ
と立ち上がった宮内桐蔵を感じていた。小人目付は入ってきたときと同様に挨拶もなく道場を出ていった。

「東郷どの、しばし休息なされ。息を整え終えられたら、今一度打ち込み稽古を致しましょう」

藤之助の言葉に泣き崩れんばかりの顔をしていた加太義が、

「はっ、はい」

と道場の壁際へと下がった。

五代が藤之助に会釈をすると自らの稽古に戻った。

朝稽古が終わった井戸端は栄五郎らの束の間の息抜きの場所であった。朝餉の後には異国の言葉で何刻も講義が続く日課が待っていた。

藤之助の稽古はまだ続くが栄五郎らと話せる貴重な時間だ、井戸端で一息つくことにした。

「座光寺先生は南蛮鴃舌《げきぜつ》を聞かずに済んでよいな」

と栄五郎が言う。

「今の頑張りが明日に返ってくるのだ、諦《あきら》めずに挑め、栄五郎」

「なにかいいことが待ち受けていようか」

栄五郎がげんなりとした顔で言った。

「栄五郎、江戸丸が長崎に来ておるのを承知だな」

「うちから勉強の尻を叩《たた》く手紙が江戸丸で届いたぞ。これ以上どうしろというのだ」

「うちからも家老どのが細々と金銭の出入りを報告してきた」

「そうか、そなたは当主じゃな。甲斐屋から行儀見習いに来ておる可愛い娘からは来なかったか」

「文乃ならばあった」

と答えた藤之助が、

「主船頭の滝口治平どのらを招き、船中世話になった礼に唐人料理屋辺りで一席設けようと思う。そなたらも参加せぬか」

と誘ってみた。

「今晩にもいく」

栄五郎の即答に聖次郎らもわれもわれもと賛同した。

「ならばそなたらのよい日を調整せよ、江戸丸はおよそ十日ほど長崎に停泊するそうな。滝口どのの都合は改めてそれがしが聞く」

「よし、夕刻までに伝習所の許しを得る」

と張り切った栄五郎らが食堂《じきどう》に走っていった。

「先ほどはご苦労にごあんした」

と東郷を連れた五代が藤之助に歩み寄ってきた。

「こん者《わろ》、薩摩しか知らぬ井の中の蛙《かわず》にごわん」

「五代様、それがしも数ヵ月前は伊那の山猿、伊那がすべての人間にございました」

「だが、先生はこの短い時に変わられた」

「天が与えられた運命と受け入れただけにございます」

「その潔さが大事なのです。われら、日本丸と申す古びた泥船に乗り合わせた者同士です、泥船を動かしながら波濤《はとう》何千里も越えてくる南蛮船に乗り移る芸当をしのけねばなりません。気持ちを一つにする要がいる。そのためにはこれまでの習わしも考えも捨てる勇気が要《い》り申す」

「いかにも」

と藤之助が答えると五代が、

「この東郷加太義は流祖東郷重位《しげかた》様の分家に養子に入った者でごわんでな、重位様の直系の弟子の血筋にごわす」

と改めて紹介した。

「最前は重ね重ね非礼ば繰り返しました、許してたもんせ」

憑き物が落ちたような顔で加太義が腰を折って頭を下げた。

「五代様の申されるこつようよう分かり申した。おいどんは井の中の蛙でごわんした」

「加太義、おはんは未だ座光寺先生の恐ろしさを知らん。よいな、伝習所に入る勉学の合間に先生の下に日参して稽古に励め、そいが大事なこったい」

「はっ」

と加太義が畏《かしこ》まり、五代に連れられて東郷加太義が井戸端から去った。

独りになった藤之助は井戸端に咲いた芙蓉《ふよう》の花に一瞬目を奪われた。稽古に明け暮れる藤之助の視界を洗うような形と色をして、鮮やかに映った。

その瞬間、なぜか道場の片隅にひっそりと座していた小人目付宮内桐蔵の姿が胸の中に浮かび、さらに江戸からの陣内嘉右衛門の書状へと次々に思い出していた。

嘉右衛門は書状の中で江戸や城中で起こった見聞を報告し、大地震の復興が遅々として進まぬと嘆き、それは偏《ひとえ》にわれら江戸幕府の非力さと無能が因と断じていた。そして、その後、

「……座光寺藤之助どの、そなたゆえ大事ないとは存ずるが老婆心ながら付記申し候。それがしが長崎を出立《しゅったつ》して後、そなたを佐賀藩御番衆組頭利賀崎六三郎と茂在某の二人が襲い、反対に斬り殺された事、またこの一件長崎奉行所と佐賀藩の千人番所との間で内々に処理された事を巡り、江戸にてちと不穏な情報に接した故《ゆえ》、そなたに知らせ申し候。

佐賀藩は山本常朝《やまもとつねとも》が記した『葉隠』の本家本元、死に狂いの曲者《くせもの》を信条と致す武士魂にして、ちと尋常ならざる考えの者どもが家臣団の中核を占めておる藩に御座候。

過ぐる日、長崎にて尋常ならざる佐賀武士と特権を有する長崎町人がぶつかりし長崎喧嘩と申す騒ぎが御座候。

この騒ぎの詳細、それがしが書き述べるより長崎逗留中のそなたがお調べなさることを勧め候。

さて、佐賀藩江戸藩邸の死に狂いの曲者らが新たな長崎事件の始末に大憤激致し、長崎伝習所の剣術教授方に打ち返しと申す復讐を致さねば佐賀藩の面目立たずと江戸藩邸より即刻佐賀城下へ遣いを出し、座光寺藤之助打ち返しの刺客団を編成致す所存とか聞き及び候。

異国の砲艦がわが国土近海を遊弋《ゆうよく》し虎視《こし》眈々《たんたん》と目を光らせている最中、なんという時代錯誤、物識らずと笑い飛ばす事簡単なりしが、佐賀藩の一部の狂信者のように未だ幕藩体制草創期の考えに固執して行動する者が大半に候事、なんとも哀しむべき仕儀に御座候。

旬日《しゅんじつ》の内に長崎へ肥前者死に狂いが到着す一事そなたに伝え候。くれぐれも行動には注意されんことを願い候。

最後にもう一つ江戸丸にて小人目付宮内桐蔵なる者が長崎入りし候。すでに面識ありやとも推察致すがかの者隠れきりしたん探索の猛者にてこちらにも注意されんことを願い候。

異国のこと、受け入れるも難し、されど拒むもまた不可能也。われら一人ひとりが自らの立場を分析し的確なる判断で行動せざらんや。それが幕府の触れや他人の思惑に抵触せざる止むなきのこともあらん。勇気を持って百年先の大計の礎を長崎にて固められん事を江戸の老人祈願候。　陣内嘉右衛門」

と記されてあった。

佐賀藩の利賀崎六三郎との暗闘は決着したと思っていたが、なんと佐賀から刺客が長崎入りするとは。藤之助は暗澹《あんたん》とした気持ちで芙蓉の花に目を奪われていたが、

「まずはわが日常の地歩を固めることよ」

と道場に戻った。

伝習生と候補生が去った今、道場は佐賀藩千人番所の藩兵ばかりだった。

「先生、ご指南下され」

と若い藩兵の園村《そのむら》喜平《きへい》が早速声を掛けてきた。

「お願い申そう」

竹刀を構えた瞬間、藤之助は隠れきりしたん狩りの宮内桐蔵のことも佐賀藩の死に狂いの曲者のことも念頭から消し去り、喜平相手の打ち込み稽古に没入した。

四

高島町の町年寄高島家の巨岩を配した豪壮な門を潜ろうとすると門番が、

「座光寺様、玲奈様は射撃場におられます、ご案内申しましょうか」

と声を掛けてきた。

昨夜、別れる時、玲奈が、

「藤之助、リボルバーを預るわ。明日から手に馴染《なじ》むまでうちの射撃場に通いなさい」

と実射稽古を告げていた。

だが、その約束の刻限に半刻ほど遅れていた。

伝習所の診療所に立ち寄り、ゲーベル銃の弾詰まり事故で怪我をした能勢隈之助を見舞おうとした。だが、伝習所付きの見習医師岡村千学《おかむらせんがく》が、

「座光寺先生、未だ面会の許しが出ておりませぬ」

と気の毒そうな顔をした。

「酷《ひど》いのですか」

「命に別状はございませんが鉄砲が暴発したとき、左手に鉄片などが突き刺さり、そいつの除去手術に長いこと時間がかかり、能勢どのは疲れ切っておられます。見舞いを受けられるようになるまでに二、三日はかかりましょう」

と理由を説明した。致し方なき仕儀かなと診療所を引き返したがそのせいで玲奈との約定《やくじょう》よりだいぶ遅れた。

「いや、案内《あない》を願わずとも道なれば承知している」

藤之助は南蛮の荷を運び込むために大きく造られた門を抜け、南蛮荷、唐荷の目利きをする大広間を横目に庭へと回った。

高島家の屋敷の規模は、大名屋敷を凌駕《りょうが》するほどの造りで、庭から裏手に続く竹林の道に入った。

少し下り坂になった竹林の向こうになまこ漆喰《しっくい》壁の長屋のような建物が見えた。窓が極端に少なく、壁の厚い建物は高島家の射撃場だ。

長崎会所には阿蘭陀船、唐船交易を通じてあらゆる物品が輸入されてくる。鉄砲、大砲の武器類も長崎会所、阿蘭陀商館を通じて異国の武器商人へ注文が出され、長崎に入る。また長崎奉行所が関知せぬ抜け荷も会所に入ってきた。特に武器類は奉行所の関知外が多い。

そんな武器類の試し撃ちをする射撃場が高島家には設けられてあった。

律動的な射撃音が射撃場から響いてきた。

射撃手は玲奈だが、短筒ではないなと異なる音の響きを藤之助は耳に留めた。

射撃場の戸を開くと射撃場の一番後方に位置した玲奈が鉄砲を構えて引き金を次々に引いていた。銃声の度《たび》に砂を盛られた土手の的に、
ぷすんぷすん
と着弾していた。

玲奈の立つ位置と的の距離は、二十数間はあった。高島家の射撃場が取り得る最大の射撃距離だ。

半身《はんみ》の玲奈が真新しい鉄砲を下ろした。

「仏蘭西《フランス》船から買い込んだ最新式の鉄砲を長崎の鍛冶師と時計師に命じて造らせたの。それが出来てきたのよ」

と玲奈は藤之助に渡した。

銃床など白木のままだ。だが、造りは見事で銃身には象嵌《ぞうがん》細工まで施されていた。

「長崎には鉄砲鍛冶も時計師もおられるか」

「新規なものが入ってきたら長崎で造れるかどうか試すのも長崎会所の仕事よ」

藤之助は片手で試作品の鉄砲の重さを測っていたが、

「軽いな」

「鉄砲鍛冶の有吉作太郎《ありよしさくたろう》と時計師の御幡儀右衛門《おばたぎえもん》が一番苦心したところよ、和人の小さな体に合わせて重量を軽くし、本物の仏蘭西製より一回り小さくしたの、だいぶ扱いがいいし、照準も的確よ」

「ならば異国の武器を頼らずともよいな」

「藤之助、これは試作だから許されるの。南蛮では新規な品を造った場合、他の人間が勝手に真似を出来ない習わしがあるの。また大量に造るには熟練した工人もいれば工房も機械もいる、莫大な金子がかかるのよ」

玲奈が説明すると藤之助の手から試作銃を受け取り、革袋に仕舞った。

「藤之助、裸になりなさい」

「裸だと、なにをする気だ」

驚く藤之助に、

「裸といっても上だけよ、小袖を両肩から下ろすだけでいいわ」

と命じた玲奈が別の布包みを開いた。そこには藤之助のリボルバーがぴったりと収まった革鞘があった。

藤之助は夏小袖の懐《ふところ》から小鉈《こなた》を取り出して手近の卓に置き、両肩を下げて諸肌《もろはだ》脱ぎになった。

玲奈が藤之助の左の脇腹の下に革鞘がぴたりと装着できるように二本の革帯で藤之助の胸から肩に巻いて固定し、長さを調節した。

「どう、これで着物を着ればリボルバーを隠しているなんて分からないでしょう」

藤之助はまだ肌に馴染まない革帯を自ら調節し、革鞘が脇腹にぴたりと吸い付くように直した。革帯には小さな銃弾入れも設けられていた。

「抜いてみて」

藤之助が脇腹の革鞘からリボルバーを抜いて構えた。

「こいつは懐に入れているより落ち着くぞ」

「亜米利加国の海軍士官がそんな道具で短銃を吊《つ》っていたのをみたの、それで職人に造らせてみた」

藤之助は何度か脇腹の革鞘から抜き、納める動作を繰り返した。

「思った以上にしっくりとしたようね」

「こいつはよい。船上でも馬上でもすぐに使える」

藤之助はリボルバーの輪胴を開き、装弾がなされてないことを確かめ、卓上にあった紙箱から三十二口径用の銃弾を五発詰めた。

その間に玲奈が鉄砲の射撃位置から短銃の射撃位置に、五間ほど前へ移動させた。
十五、六間先の的の一枚は、試作鉄砲の銃弾を受けて穴だらけだった。だが、他の二枚はまださらで銃弾の穴一つなかった。
藤之助は藤源次助真と座光寺家四代目喜兵衛《きへえ》為治《ためはる》が自ら鍛造した脇差《わきざし》は腰に差し落としたまま、諸肌脱ぎの半身でリボルバーを構えた。

照星の向こうに的が重なった。

藤之助は革鞘からリボルバーを抜き、構える動作を繰り返してそのこつと感覚を摑もうとした。四半刻も繰り返された後、動きを一旦《いったん》止めた。

息を整え、短く瞑想した。

新たな集中心を蘇らせた両眼が見開かれた。

「玲奈、参る」

藤之助は的に向って正対した。

リボルバーを革鞘に戻し、だらりとその右手を垂らした。

「一、二、三」

と口の中で数えた。

リボルバーを的確に抜き、銃身を頭上に上げるとそれをゆっくりと水平になるまで下ろし、照門、照星、的の三点を重ねた。レバーを操作して銃弾を銃身に送り込み、無心に引き金を引いた。

ずーん
室内のせいかくぐもった銃声が響き、銃弾が的の左上にわずかに流れ、土手の砂に潜り込んだ。

藤之助は照準を僅《わず》かに調整し、再びレバーを引いて装弾すると引き金を絞った。

今度は的の右下に着弾した。

三発目からは的の中心付近に綺麗に着弾した。

「藤之助の勘と目は異人の船乗りも驚くわ」

「まだ動きがひっかかる。天竜川の流れのように澱《よど》みなく動けぬと銃弾が無駄になる」

「それには実弾を撃ってその感覚を体に染み込ませることよ」

「いかにも」

藤之助は玲奈に注意を受けながら、リボルバーの実弾射撃を半刻ほど続けた。

「だいぶ自然な動きになったわね。当分その得物を自分のものにするためにここに通いなさい」

「そう致そう」

藤之助はスミス・アンド・ウエッソン社のリボルバーを脇の下に吊るしたまま小袖の袖を通した。革鞘に納まったリボルバーはぴったりと藤之助の肌に馴染んでいた。

大小を腰に戻した。刀の重さにリボルバーが加わり体の均衡が微妙な違和が生じた。常に携帯してこの重さと感触に慣れるしかない。

「玲奈、ちと聞きたいことがある」

「南蛮のこと、それとも私が藤之助を好きかどうかということ」

「どちらとも違うな」

「深刻な話のようね、部屋に参りましょうか」

革袋に入れた試作品の鉄砲を藤之助が抱え、玲奈が残りの銃弾の箱を持った。

高島家の広大な屋敷の南側の高台に玲奈の離れ屋はあった。開け放たれた家からも庭からも長崎の湊が見えた。

湊の一角で三本マストのスンビン号が停泊しているのが見えた。

玲奈の座敷は広々として天井も高く、家具はすべて南蛮のもので統一されていた。

藤之助はまるで異国に迷い込んだような感じに襲われた。

小女が姿を見せ、玲奈がなにか藤之助の聞きなれぬ言葉で命じた。

藤之助が初めて見る異国の大木のかたわらに白くて大きな布製の傘が立てられ、陰を作っていた。

玲奈はその下に置かれた椅子に藤之助を座らせた。

「檳榔樹《びんろうじゅ》と蘇鉄《そてつ》よ」

と藤之助の視線を読んだ玲奈が答え、

「昨夜の一件が尾を引いているの」

と長崎湊で小人目付の宮内桐蔵の間で起こった騒ぎと思ったか、聞いた。

「そちらではない。江戸から老中首座堀田様の年寄目付陣内嘉右衛門様から手紙を貰った。その中にちと気になることが記されてあった」

と前置きした藤之助は嘉右衛門の手紙の中にあった、

「長崎喧嘩とはどのような騒ぎか」

と聞いた。

「長崎内町と外町に境にある大音寺坂《だいおんじざか》で最初の切っ掛けが生じたので大音寺坂事件とも呼ばれるわ。長崎の者ならばこの騒ぎだれもが承知、だけど口にすることはない」

「なぜか」

「差し障りがあるからよ」

と玲奈が答えたとき、小女が大きな銀の盆に白磁の壺と器、皿に南蛮菓子を載せて運んできた。

玲奈がそれを受け取ると壺から赤い茶を器に注いだ。

ほのかな香が辺りに漂った。

「騒ぎが起こったのは今から百五十年以上も前の元禄《げんろく》十三年（一七〇〇）師走のことよ。長崎町年寄高木彦右衛門《たかぎひこえもん》様はこの年、代物替頭人《しろものがえとうにん》、長崎表御船武具預役に任じられ、役料八十俵を給され、帯刀を許された。さらに初孫まで授かり、高木家に慶事が重なったの、それがつい有頂天にさせてしまったのね。

師走の十九日、初孫の宮参りのあと、高木家では一族郎党が集まり、酒宴を張ったの。高木家の奉公人で又助と久助という乱暴者が酔っ払い、家に戻ろうと大音寺坂に差しかかったときのことよ。佐賀藩の長崎勤番鍋島官左衛門《なべしまかんざえもん》の家臣深堀三右衛門《ふかぼりさんえもん》という武家と年老いた家来二人が坂の途中で出くわした……」

切っ掛けは深堀の家来の一人が折からの雪に足を滑らせ、又助に泥が跳ねかかったことに起因する。

又助も久助も酒癖がよいとはいえない奉公人で、普段飲めない酒をしたたかに飲んでいた。

「やい、おまえら、人に泥をかけてそのまま通り過ぎようという魂胆か。わしらは長崎町年寄高木彦右衛門様の奉公人だぞ」

深堀らは相手が酔っ払いと承知していたから、謝って通り過ぎようとした。だが、さらに増長して喧嘩を売らんとする二人の奉公人に深堀の家来が軽く打擲《ちょうちゃく》して追い払った。

その場は一旦《いったん》それで済んだ。

この騒ぎを特殊な立場の長崎がややこしくした。

対外交易の実際を司《つかさど》る長崎町人の力は少数者の武士階級より実権を持っていた。それだけに無闇に威勢がいいところがあった。

又助らは五島町の深堀屋敷に高木彦右衛門の奉公人数人と押し掛け、武家屋敷に乱入したばかりか、深堀家の奉公人に棒などで殴る乱暴を働いた。

深堀家では家来の一人が余りの狼藉《ろうぜき》に刀を抜いて抵抗したが、勢いに勝る又助らに刀を奪われた。

いくら長崎町人とはいえ武家屋敷に侵入し、刀を奪うなど過ぎた狼藉であった。

一方、深堀家でも酔っ払いに刀を奪われるという失態を犯していた。

酔いが覚めた後、そのことに気付いた又助らは長崎から姿を消した。

深堀家乱入事件は長崎じゅうを騒ぎの渦に巻き込んだ。

佐賀本藩の伊香賀利右衛門《いかがりえもん》は高木家に掛け合い、奪われた刀を取り戻した。だが、深堀家の武士として面目、体面は失われた。まして、佐賀藩の鍋島一族には、

いざとなれば平然と命を投げ出す、

「死に狂いの曲者《くせもの》」

を尊ぶ気風、葉隠《はがくれ》精神の本家本元であった。

深堀家の一族もこの葉隠精神に則《のっと》り、

「深堀家の不始末の家来を高木家の門前で斬るべし」

「私闘にあらず。町人がわが武家屋敷を荒らしたる無礼なり、復讐すべし」

と騒ぎ立て、老いた家来二人は悲壮な覚悟で高木家門前に出向き、

「昨日之相手出し可申候《もうすべくそうろう》、討ち果たし可申」

と叫ぶことになる。

高木家では騒ぎが大きくなったことに恐縮し、表戸を閉じてひっそりとしていた。

二人の老いた家来がどうしてよいか迷っている最中、遠路深堀一族十余人が駆け付け、勢い付いた十数人の深堀衆は高木家に踏み込んだ。

この打ち返し（報復）で高木彦右衛門ら七人が斬殺された。

「……深堀家の家来二人は高木邸の広座敷で切腹、もう一人も大橋の上で腹を切ったといわれているけど、実際は駆け付けた深堀一族によって、最初に長崎町人の奉公人の屋敷乱入を許した罪軽からずと、武士の体面も許されずに切り捨てられたのよ。これが長崎喧嘩といわれるものなの」

と玲奈が説明を終えた。

「佐賀藩は今も一年交代の長崎警護に就いているわ。長崎会所にしても高木家の落度を承知している。この事件を双方が思い出すことはここでは禁じられているの、絶対に二度と起こってはならないことだからよ」

藤之助はしばし考えた後、大きく首肯《しゅこう》した。

「藤之助、陣内様はなんの喩《たと》えでそのように昔話をあなたに告げたの」

「玲奈、そなた、承知じゃな。おれが佐賀藩御番組頭であった利賀崎六三郎どのと茂在宇介と申される仲間の二人に襲撃を受け、返り討ちにしたことを」

玲奈の顔が俄《にわ》かに曇った。

「あの騒ぎが再燃したの」

藤之助は二人の弟らが道場を訪れたのを打ち合い稽古の形で避けたことを告げた。

「佐賀藩の千人番所の御番衆組頭を討ち果たしたことに変わりない、さらに弟たちを負かした」

「利賀崎の一族は深堀一族のように追い込まれたというの」

「江戸の佐賀藩邸から使いが佐賀に飛び、打ち返しのために長崎入りするやも知れぬによって注意ありたしと嘉右衛門様の文にはあった」

「あなたは理不尽に襲われたのよ、その場に江戸町惣町乙名の太郎次様がおられて、すべて経緯《いきさつ》を見届けておられるわ」

「それがしだけならば佐賀藩と座光寺藤之助の因縁で済む。だが、太郎次どのが偶然にも立ち会われたことで、陣内様は、長崎会所が巻き込まれ、長崎喧嘩のように佐賀藩と長崎会所の争いに発展することを恐れておられる」

玲奈が考えに落ちた。

茶器の紅茶は冷えていた。

玲奈は無意識に器を手にして、飲んだ。

藤之助も真似た。

口の中に異国の香がまた一つ広がった。

「藤之助、長崎喧嘩から百五十年の歳月が流れているわ。佐賀藩も長崎会所もあの騒ぎから大事なことを学んだ。それに時代も大きく変わった。あのような騒ぎが繰り返されることはないわ」

「いつの世も時代の移ろいを見ない者がいる」

「それが佐賀の死に狂いの曲者というの」

「江戸からの指令で佐賀から人が動いた。とすれば利賀崎の仇を討たんとする曲者たちではないか」

「もしそうなれば長崎会所は藤之助に付くわ」

「それが困るのだ」

玲奈が沈思した。そして、また紅茶を飲んだ。

「会所が動けないのならば、藤之助、この高島玲奈があなたを助けてあげる、それなら文句ないわね」

「それは……」

「断っても駄目よ。藤之助と玲奈は一蓮托生《いちれんたくしょう》よ」

と宣告した。

第三章　善《よ》か盆

一

夕稽古《げいこ》、すでに異変は現れた。

いつも夕稽古には千人番所の非番の者などが参加したが、この日、佐賀藩兵はだれひとりとして姿を見せなかった。そのせいでこの夕稽古は榎本釜次郎《えのもとかまじろう》、酒井栄五郎《さかいえいごろう》、一柳聖次郎《ひとつやなぎせいじろう》、東郷加太義《とうごうかたよし》ら候補生ばかりだった。若いだけに遠慮はない。師匠と弟子の関わりを忘れた和やかな空気が道場に漂っていた。

「なんだ、この人数は」

稽古の合間に栄五郎が藤之助《とうのすけ》に言った。

「御用の合間の稽古だ、致し方なかろう」

「座光寺《ざこうじ》先生、愛想を尽かされたのではないか」

「それもあろう」

「勝麟《かつりん》方は永井《ながい》伝習所総監の下、談義を行っておられる。あちらの都合で出られないのだ」

と一柳聖次郎が加わった。

「戸町《とまち》はどうした」

千人番所の宿坊のある町名を上げて栄五郎が聞く。

「急務が発生したのであろう」

「そうかな。この前の一件が関わってないか」

と栄五郎が利賀崎武雄《りがさきたけお》らが道場に押し掛けたことに触れた。聖次郎が、

「こいつは佐賀藩の都合だ、座光寺先生の責任ではない。それより先生、能勢隈之助《のせくまのすけ》を見舞ってくれたか」

と話題を変えた。

候補生らの日課は厳しく剣術教授方の藤之助ほど自由が利かなかった。

「それを先に話すべきであったな」

と謝った藤之助が診療所で見舞いを断られた経緯《いきさつ》を告げた。

「なにっ、手術に時がかかったのか」

「聖次郎、命には別状ないと聞いた」

「それは怪我を負ったときから分かっていたことだ。手の怪我はよろしくないのかな」

江戸で親しき交わりをしてきた隈之助の容態に聖次郎が暗い表情をした。

「こちらもまたわれらが騒いでもどうにもならぬ。明日にももう一度見舞うで、そのことはすぐに聖次郎、そなたに報告する」

「頼む」

勝麟ら目上の伝習生の重しが取れて、いつしか江戸丸に乗船してきた若者同士の口調になっていた。

「藤之助、われら、明日の夕刻には外出の許しが得られたぞ」

栄五郎が江戸丸の滝口《たきぐち》主船頭らとの会食のことに触れた。

「そうか、ならば明日ということで滝口様方と調整しよう」

「唐人料理屋と申したが、先に勝麟様方と会食したあの店か。わがほうにな、唐人料理は口に合わんとまだ食べもせぬのに案じるものがおるのだ」

「ならば他の料理屋に致すか」

「南蛮料理もいかんぞ」

と栄五郎が慌《あわ》てていう。

藤之助は唐人料理が口に合わぬ張本人は意外と栄五郎ではないかと顔を見た。

「いや、おれはなんでも食べる。だがな、出来ることなれば胃の腑《ふ》に優しい食べ物はないかと思うだけだ」

「聖次郎、栄五郎、そなたら、卓袱《しっぽく》料理なるものを知っておるか」

「卓袱だと、名も聞いたことがないわ」

「栄五郎、私も初めて聞かされた」


玲奈に江戸丸の船頭衆や仲間の会食を相談すると、

「一度卓袱を味わったら」

と勧められた。

「卓袱とは聞きなれぬ言葉だが、どのような食い物だ」

「卓袱とは食べ物ではないわ。四つの脚がついた朱塗りの円卓を指すの。それがいつしか皆で円卓を囲んで食べる料理を呼ぶようになったの。長崎の味に唐人と南蛮人の食べ物が混じったものと思えばいいわ。味付けは長崎人が工夫してきたから唐人屋敷分になるわ」

や阿蘭陀《オランダ》商館で出る食べ物ほど匂いも味もきつくない、それに卓が華やかで贅沢《ぜいたく》な気分になるわ」

「……一同に皆が座して食うのがいいな。どうだ、聖次郎」

と栄五郎が賛意を示した。

「それはよいが、値は張らぬか」

と大身旗本の子弟の聖次郎が仲間の懐《ふところ》を案じて聞いた。江戸から来た仲間には御家人の子弟もいた。

一柳聖次郎は御小姓番頭《おこしょうばんがしら》の次男で、江戸から持たされた小遣いにも不自由はない。船中、他人のことなど気にもかけない聖次郎だったが、藤之助にその鼻っ柱を折られ、嵐の海で生き抜くには己《おのれ》一人の力ではどうにもならぬことを覚《さと》らされて、仲間への気配りをみせるように変わっていた。

「それがしの知り合いが馴染《なじ》みの卓袱料理屋に口を利いてくれるそうだ、金銭はなんとかなろう」

と藤之助は言い切った。

「なんだ、お膳立てができておるのか、ならば卓袱で決まりだ」

と聖次郎も賛成し、栄五郎が話題を変えた。

「座光寺先生、われらと一緒に参ったそなたに長崎に知り合いがおるとは知らなかったな」

「そなたらと違い、時間があるでな」

と躱《かわ》そうとする藤之助に、

「噂が飛んでおるぞ」

「噂とはなんだ、栄五郎」

「そなた、なんでも長崎町年寄の高島家《たかしま》の孫娘と懇《ねんご》ろというではないか。伊那《いな》の山猿と自ら名乗りおるが、その手で町じゅうの娘を騙《だま》しておるようだ」

「栄五郎、そなたと一緒に致すな。そなたが考えるような間柄ではないわ」

と答えながら藤之助は、

(長崎は大きいようで小さな町だ。風聞が伝わるのが早い、注意しなければならぬな)

と気を引き締めながらも念を押した。

「卓袱料理屋でよいのだな」

「座光寺先生、そなたに任す。われら候補生、動こうにも伝習所の檻《おり》の中から自由に出ることも適《かな》わぬからな」

　と聖次郎がいい、話が決まった。

　話が一段落した様子を見ていた榎本釜次郎（武揚《たけあき》）が、

「座光寺先生、ご指南下され」

　と稽古を催促した。

「お願い申します」

　榎本釜次郎の実父は禄高百俵の御家人で天文方出仕《しゅつし》であった。

　幕府天文方は長崎通詞《つうじ》にして天文学者の西川如見《にしかわじょけん》を招いて渾天儀を作らせたりしたのが始まりだ。享保《きょうほう》四年（一七一九）のことであった。

　延享《えんきょう》元年（一七四四）には神田佐久間町《かんださくまちょう》に天文台を設け、天文、暦術、測量、気象などの観測に当たらせた。だが、科学者であるべき天文方を幕末の激動が大きく変えた。

　天文方は外国語に堪能な者が多いこともあって異国の情報を収集する任を負わされ、旗本御家人の優秀な子弟が集まった。

　天文方は幕府の情報局といった機能も果たしていたのだ。

　釜次郎も実父円兵衛《えんべえ》の薫陶を受けて、亜米利加《アメリカ》帰りの中浜万次郎《なかはままんじろう》に師事し、英語を学ぶとともに欧米先進国の知識を吸収した。

藤之助は釜次郎の剣術の腕前を全く知らなかった。

竹刀を構え合って、釜次郎の剣術が未熟なことが分かった。だが、釜次郎の面構えには真剣さが滲《にじ》んでいた。

藤之助は釜次郎に動き易《やす》いように誘いをかけ、存分に攻撃させた。そして、手の悪いところに反撃を軽く加えてそのことに気付かせた。釜次郎は口にせずともそのことを即座に悟り、手直しした。

四半刻も動き回ったか、汗をびっしょり掻《か》いた釜次郎が竹刀を引いて正座し、弾む息の下から、

「ご指導有難うございました」

と礼を述べた。

「榎本どのは覚えがよろしい。少し稽古を積めば格段に腕を上げられます」

と印象を述べると嬉しそうに相好《そうごう》を崩した。

夕稽古が終わった後、藤之助は湊に停泊する江戸丸を訪ねようと考えた。

大波戸《おおはと》の船着場で沖合いに停泊する江戸丸までどうして行こうかと考えていると、

「座光寺様、どこぞに渡られるつもりですか」

と艀《はしけ》から声がかかった。

西洋式の造船術を学ぶために幕府から長崎に遣わされた豆州戸田村《ずしゅうへだ》の船大工の上田《うえだ》寅吉《とらきち》だ。

「寅吉どのか、江戸丸にちと用事があるのじゃがな」

「乗りなせえ」

渡りの船とはこのことだ。藤之助は、

「世話になる」

と艀に飛び乗った。すると寅吉が心得て、石垣を手で押してすぐに艀を出した。立ったまま両手で櫂《かい》を操る西洋の艀だ、寅吉は藤之助と向かい合って立ち漕ぎした。

「寅吉どのは本日も造船場通いか」

「へえっ、なんとか竜骨のある船作りのこつが分かりかけてきました」

「南蛮の船には船底に梁が通っているそうだな」

そのことを戸田村で聞き知った藤之助だった。

「そうなんでございますよ。キールと称する、人でいえば背骨が舳先《へさき》から艫《とも》まで抜けておりましてね、この竜骨の左右から脇骨が何本も出ております。竜骨を長くし、脇骨の数を増やせば理屈ではどんなに大きな船も造ることが出来る寸法でございます。それに比べ、和船は板を曲げて造るんでどうしても強度が不足します、異国の船のように何千里の波頭を越えて旅してくる大きなものは造れません」

「和船造りとは全く考え方が違うようだな」

「まるで違います。わっしら戸田でおろしゃ人から西洋の船造りを習ったとき、なんと不思議なことをするものだと驚きましたがな、理に適《かな》っているってやつです。それに船体だけじゃねえ、舵《かじ》の利きが和船とは大違いだ。あの大きな船がどうして回転するのかと思うくらい利きがいい。なにより風がなくとも進む装置《からくり》がすごい。習うことが多過ぎて頭に入りませんので」

と寅吉が苦笑いした。

伝習生だけが異国の進んだ物事を学んでいるのではなかった。上田寅吉のような船大工が苦闘していた。

「寅吉どのはよいな、学ぶべきことがはっきりとしておられる。だが、座光寺藤之助は長崎でなにをやるべきか未だ方針が定まっておらぬ」

「座光寺様、人様々ですよ。船頭多くても船は山には上がりませんや。座光寺様には今に大命が下ります、そのときのために長崎の空気をたっぷりとお吸いになることだ」

「寅吉どのの忠告肝に銘じていよう」

「伝習所の教授方に寅吉が説教してしまいました」

と苦笑いしたとき、艀は江戸丸の左舷《さげん》に接していた。

「寅吉どの、明日の夕刻はお暇か」

「伝習所の方々と違い、わっしら職人は夜まで勉強なんぞはしませんや」

「江戸丸で来た仲間と江戸丸の船頭衆と酒を飲もうと考えておるのだが、参られぬか」

「わっしが皆様の集まりに出てようございますか」

「歓迎致す。明日の夕暮れ、剣術道場に参られよ」

「へえっ」

と嬉しそうに返事する寅吉が、

「滝口治平《じへい》様よ、座光寺様をお連れしましたぞ」

と江戸丸の甲板に呼び掛けた。

「座光寺様、用事は長くかかりますので」

「いや、すぐに終わる」

「ならば艀でお待ちしておりますよ」

と寅吉が艀を江戸丸から垂らされた縄梯子《なわばしご》の端に繋《つな》ぎ止めた。

船室から甲板に出てきた滝口冶平は二つ返事で明日の宴に出ることを即諾した。

「冶平どの、江戸丸からは何人出られますな」

「私を含めて十一人が乗り組んでおりますが、船に少なくとも三人は残さねばなりませぬ。八人と大勢が押し掛けてよいものですか」

「冶平どの、丸山町《まるやまちょう》の華月《かげつ》でお待ちしていますぞ」

「楽しみです」

冶平が笑みを浮かべた顔で応じると、

「座光寺様、本日、小倉《こくら》藩のご家臣を送って日見峠《ひみとうげ》まで参りました。峠の茶屋で別れの盃《さかずき》を交わしましたと思いなされ」

と話題を変えた。

日見峠は小倉から続く長崎街道の最後の峠で、そこを下ると長崎の町に到着するのだ。あるいは峠を越えて長崎に別れを告げることになる。

「なんぞございましたか」

「峠の茶屋の隣座敷に二人の侍が入り、その話し声が耳に入りましたんでございますよ。此度《こたび》の剣術教授方はそれほどの腕前かと一人が言い、もう一人が利賀崎六三郎《りがさきろくさぶろう》様と茂在宇介《しげありうすけ》様が二人して返り討ちにあったのをみれば分かろうと答えました」

　藤之助は治平を見た。

「一人は千人番所の者でしてね、名は井筒平太《いづつへいた》という者でした。もう一人は佐賀城下から来た利賀崎衆に繋がる一家の陪臣のようで水町《みずまち》と呼ばれておりました」

「…………」

「水町と申す家来は利賀崎衆の本隊を受け入れるための宿坊などを設けるために先乗りしてきたようです。本隊の利賀崎衆は、先に切腹させられた五人と違い、一騎当千の十二人、死に狂いばかりじゃ、もはや座光寺藤之助の命も風前の灯《ともしび》と高言しておりました」

　と治平が説明を聞いた。

「座光寺様、覚えがございますか」

「治平どの、利賀崎衆はいつ長崎入りするようですか」

「一両日内に宿坊を探さねばならぬという話から二、三日内には姿を見せるかと推量されます。井筒は大音寺《だいおんじ》の離れを借りてあると申しておりましたで、今宵《こよい》水町はそちらに泊まっておるかと思います」

治平が真顔で唆《そそのか》すようなことを最後に告げた。

藤之助は偶然の一致か、長崎喧嘩の発端となった大音寺の離れに利賀崎衆の先乗り水町某《なにがし》は泊まるという。

「煩《わず》らわしいことです」

「気を付けて下されよ」

「それがし、貧乏旗本の当主にございますれば、早々簡単に命を捨てるわけにも参りません」

と答えた藤之助は甲板を跨《また》ぎ、縄梯子を伝って艀に下りた。

船中、寅吉がいつも腰にぶら下げている矢立《やたて》を借りて文を書いた。文を書き終えた頃合、寅吉が聞いた。

「座光寺様、どちらにお着けいたしますな」

「新地の浜に寄せてくれぬか。それとちと物を頼みたい」

「なんなりと」

と答える寅吉に、

「町年寄高島了悦《りょうえつ》様の屋敷を訪ね、この文を玲奈《れいな》様にお渡ししてくれぬか」

「玲奈様とは町中に平然と馬を乗り入れられるお嬢様ですな」

「いかにもあの娘御だ」

「この二月にみだりに市中を馬で走るべからずという奉行所の触れが出ましたがな、あのお嬢様はどこ吹く風です」

と笑った寅吉が卓袱料理の華月《かげつ》の予約と人数を告げる文を受け取った。


半刻後、藤之助の姿は大音寺坂《だいおんじざか》を上がっていた。

長崎会所と千人番所佐賀藩を対決させた長崎喧嘩の舞台は、百五十余年前と同じようにひっそりとあった。

風頭山の山裾に寺町が並び、その一寺が大音寺だった。

石垣が連なる上に寺の本堂があった。

藤之助は石段を上がり、山門を潜ろうとした。

その瞬間、殺気を感じた。

藤之助は最後の石段に右足を掛けたまま山門下の闇を覗《のぞ》いた。

闇から溶け出すように一つの人影が姿を見せた。

「これはこれは、座光寺様ではございませぬか」

宮内桐蔵《くないとうぞう》が藤之助の行く手に立ち塞がっていた。

「深夜、ご奇特な寺参りか」

「小人目付《こびとめつけ》どのも信心かな」

「信心にもいろいろござってな。邪教を信じる者もおる」

宮内が月明かりに暗く沈む、尖《とが》った視線で藤之助を睨《にら》んだ。

「大音寺に潜んでおられるか」

「さあてのう。そなたも忙しい御仁よのう」

「思い当たる節がないが」

「異人との間に生まれた娘との火遊び、座光寺家にちと高うつくやもしれぬぞ」

「脅しのように聞こえるな」

「座光寺藤之助様、それがし、狙った獲物は必ず仕留める人間でな」

「そなた、隠れきりしたん狩りの達人じゃからな」

「そなた様と崩れの場で顔を合わせぬことを望んでおり申す」

「承《うけたまわ》った」

宮内が藤之助の前に進んできて、藤之助は最後の一段を上がった。

両者は肩が擦れ合う間で行き違おうとした。

ぴりぴりとした殺気が宮内の全身から放射された。だが、藤之助はそれを受け流した。

「おれが手を付けずとも佐賀の死に狂いがそなた様を襲おうとしているそうな、楽しみかな」

「宮内どのは高みの見物か。それとも焚《た》き付けに参られたか」

宮内が声もなく笑い、石段を降りていった。

二

大音寺の離れでは佐賀藩から長崎にきた利賀崎衆の先乗り水町典吉《てんきち》を迎えた千人番所の佐賀藩兵数人が集まり、気焔《きえん》を上げていた。

酒が入り、知らず知らずのうちに声が高くなっていた。

「若造一人、討ち取らずして葉隠《はがくれ》武士と言えようか」

「幕府はなにを考えて剣術教授方にそのような者を送り込んできたのだ」

「利賀崎六三郎様と茂在宇介様の仇は佐賀から人が来ずとも討ち果たしてくれん」

若くはない声が大音寺の離れから響いていた。

「ちと一座にお聞き申したい。この中で剣術教授方と立ち合うた方はございますか」

物静かな声が座を諫《いさ》めるように聞こえた。

「われら、宿坊の剣術道場で稽古をするゆえ伝習所などには出向かぬでな。江戸から送られてきたような若造とは顔を合わせん」

「それがしは遠目に見た、ただの背高じゃあ。江戸ではどうか知らぬが、えらく買いかぶられたものよ」

しばし座に沈黙が走った。

「なぜ利賀崎六三郎様と茂在宇介様とあろう手練《てだ》れが斃《たお》されたか、われらはとくと考える要がござらぬか」

「その場にわれらが行き合わせたわけではない。相手が衆を頼んでお二人を斃したとも考えられる」

「いえ、私は惣町乙名《おとな》一人が立ち合っていただけと聞きました」

「それがすでに怪しい」

「どういうことです、市橋《いちはし》様」

「この一件、早々に奉行所と千人番所総取締方小此木多左衛門《おこのぎたざえもん》様の間で手打ちがなされた。風聞の事実とは異なり、お二人が反対に待ち伏せに遭《あ》い、殺されたとも考えられる」

「さてどうでしょう」

「達彦《たつひこ》、そなた、先ほどからさかしら顔にわれらの話に水を差すがなんの謂《いわ》れがあってのことか」

「それがし、座光寺藤之助、なかなか手強《てごわ》い相手かと考えます。ゆえに佐賀から参られる死に狂いの利賀崎衆も甘く考えられますと手酷い反撃を食うやもしれませんと案じておるのです、六三郎の弟五人など軽く扱われ、切腹の憂き目に遭いました」

「そなた、番所の勘定方に携わり、金勘定ばかりしておるでそのように実体もなき影に怯《おび》えることになる」

「いえ、戦いは相手の力を的確に確かめねばお二人の二の舞に陥ります」

藤之助は離れ屋の庭石の陰に立って離れ屋から洩れてくる声を聞いていた。

「達彦、そなたは利賀崎衆死に狂いの真の力を知らぬ、曲者ぞろいよ」

間があった。

「われらのように論は立てられぬ。ただ、行動に走られる」

「それが死に狂いの真骨頂であろうが」

「いかにもさよう、見物かな」

「安政の長崎喧嘩を楽しみにしておれ」

と声高の主が叫んだとき、新たに座に加わった者がいた。

「遅いではないか、龍尊寺《りゅうそんじ》」

「番所で奇妙な噂が流れておる」

「なんだ」

「すでに利賀崎衆は長崎入りしているという噂だ」

「そんな馬鹿なことがあるか。折角《せっかく》用意したこの宿はなんのためにある。水町はなんのために先乗りした」

「水町、それを承知でおぬし、われらにこの寺を借り受けさせたか」

二人が水町に詰め寄った様子があった。

「そんなことはございませんぞ。利賀崎衆の長老篠木《しのき》兵衛《ひょうえ》様の命でかように先乗りしてきたのです」

「われらも篠木様の書状を貰《もら》ってそなた、水町典吉を迎え、かようにも宿坊を用意した。それを利賀崎衆が密かに長崎入りしているなどあろうか。その噂の出所はどこか、龍尊寺」

「それが番所目付から洩れたと聞きました」

「目付となると虚報ばかりと言い切れぬぞ。六三郎様の弟らのこともあるで極秘の行動をとられたと考えられないこともない」

「この宿坊どうする」

「さてどうしたものか」

沈黙が座を長く支配した。

藤之助は静かに大音寺の離れの庭を離れた。

山門を潜り、石段を下りた。再び大音寺坂に差しかかった。

月光が青く坂道を光らせていた。

湊から風が吹き寄せ、潮の香りがした。

藤之助の足が止まった。

前後を二人に囲まれていた。裁付《たつつ》け袴《ばかま》に草鞋《わらじ》掛けの二人は無言のうちに藤之助へと詰めてきた。

「どなたかな」

相手は答えない。

鞘《さや》に左手が掛けられ、右手が柄を握った。

「佐賀から参られた利賀崎衆死に狂いか」

藤之助はすでに長崎入りしている利賀崎の一部の者かと推測した。右手を懐に入れた。脇の下に馴染むように吊《つ》ったリボルバーを使う気はない。

小鉈《こなた》に手がかかった。

抜刀し、右手一本に刀を構えた二人が殺到してきた。

腰を沈めた体勢はなかなかの腕前と見えた。なにより命を捨てた潔さが直情な行動に見えていた。

「やはり死に狂いか」

半身にして坂上の武士の突進を確かめた藤之助は坂下のもう一人との差があることを覚《さと》った。

坂上から数間に迫っていた武士の眉間に小鉈が突き立った。

その瞬間、懐から小鉈が抜かれ、手首が捻《ひね》られて、投げられた。

うっ

と押し殺した声を発した襲撃者は足をもつらせて転がった。

次の瞬間、視線を前方へと送りつつ藤源次助真《とうげんじすけざね》を抜き放っていた。

坂下から刺客が右手一本に軽く左手を添えて、藤之助の顔面に振り下ろした。技巧など抜きにした捨て身の攻撃だ。

藤之助の長身が虚空に飛んだのはその瞬間だ。
飛躍しつつ助真を頭上から振り下ろした。
相手の刃が藤之助の足を掠《かす》めて虚空に流れ、助真が相手の眉間に届いた。
藤之助は相手の体に圧し掛かるように着地した。
次の瞬間、
どさり
と二番手の刺客が大音寺坂に音を立てて倒れ込んだ。

翌朝も朝稽古に千人番所から一人も姿を見せなかった。そのせいでさしも広い道場が寂しく見えた。

勝麟が藤之助の傍らに来て、

「座光寺先生、佐賀はなんの考えか知らぬが、元禄の愚行を繰り返す気かのう」

と顔を覗《のぞ》き込んだ。

「昨夜、大音寺坂で二人の侍が斬り殺されているのを見た者がいるそうな。奉行所の手先が駆け付けたときには死体は失《う》せておったとか」

藤之助は気付かなかったが戦いを見ていた佐賀藩の関わりの者がいたのではない

か。

「また長崎奉行所の探索方が佐賀藩の関わりの者が日見峠を越えたことを摑《つか》んでおる。どうやら先生が利賀崎六三郎らを返り討ちにしたことに遺恨をもっての長崎来訪らしい。なんぞわれらが手伝うことがござろうか」

「勝先生、お気持ちだけ頂きます。長崎喧嘩を安政の御代に再現してはなりますまい」

「先生ひとりで佐賀の死に狂いどもを相手になさると申されるか」

「伝習所や長崎会所を巻き込むことだけは避けとうございます。またすでに事は動いております」

「やはり大音寺坂の一件は先生が関わっておられたようだな」

勝麟が自ら得心させたように言うと、

「先生の意向に関わらず長崎奉行所はあやつら死に狂いの勝手は許さぬそうな、戸町に強く申し渡しておる。ただ今の千人番所は少なくとも川村奉行の命に逆らうことは致すまい。だが、利賀崎衆死に狂いの動きは別物じゃ。覚悟して佐賀を出た以上、奴らは千人番所の意向を無視しても凶行に走ろう。死に狂いを最高の行動規範と信奉する曲者らが一番恥辱に感ずることは卑怯《ひきよう》未練な不始末だからな」

長崎奉行所は利賀崎衆と座光寺藤之助の私闘に封じ込めようと言う算段か。

「先生、よいな、われらは座光寺藤之助を見殺しにはせぬ、そのことを肝に命じておいてくれ」

会釈を返した藤之助に勝麟が、

「稽古をお願い申す」

と言った。

藤之助は勝麟《りんた》太郎《ろう》を相手にもやもやとした気分を吹き飛ばすように打ち込み稽古を半刻ほど続けた。頃合を見て、

「先生、そなたの力は無尽蔵じゃな、老体には堪《こた》える」

と三十三歳の勝麟が笑いに紛らせて竹刀を引いた。

この日のうちに大音寺坂で二人の斬殺死体が消えた事件は長崎の町じゅうに広がった。そして、人々は斬られた二人の侍が日見峠を越えてきた余所者《よそもの》であることを示唆していた。

藤之助は風聞が長崎じゅうに広まっているとも知らず終日道場で自らの体を苛《いじ》め抜いて稽古を続けた。

伝習所の湯殿で汗を流し、教授方の宿舎に戻ると船大工上田寅吉がすでに待ち受けていた。

「待たせたか、相すまぬ」

「なんのことがございましょう。伝習所の方々もまだにございますよ」

と言うところに栄五郎ら十二人が駆け付けてきた。

「遅かったか」

「ちょうどよい刻限であろう」

「船頭衆とは大波戸で会うのか」

と聖次郎が聞く。

「いや、滝口様方は直に卓袱料理屋に参られる、その約定《やくじょう》だ」

「ならば即刻行こうぞ」

栄五郎が張り切った。

藤之助を先頭に十四人が伝習所の門を出た。

「おれは長崎に着いて以来、初めて市中を気儘《きまま》に歩くぞ」

と時岡吉春《ときおかよしはる》が言い、塩谷十三郎《しおやじゅうざぶろう》も、

「伝習所の行動は隊伍を組んでじゃからな。まるで咎人《とがにん》の
で往来を見回す自由も

ないからな」

と応じてなんとも嬉しそうだった。

二人は御家人の子弟で江戸からの船中船酔いに苦しみ、ついに尼崎湊《あまがさきみなと》で長崎行きを諦《あきら》め、下船を決断したことがあった。

その行動を翻意させたのは藤之助だった。

二人の顔を見るといかに伝習所の日課が苦しかろうと充実した日々であることが推察された。

「座光寺先生、聖次郎とも相談したのじゃが、今日の飲み食いの代金のことだ」

うーむ、という顔で藤之助が栄五郎を見た。

「江戸丸で東西勝ち抜き戦の褒美に陣内様から双方に三両ずつの報償があったな。あれを使おうということになったが、いかがか」

東西戦の大将を務めた二人は十二人の中に長崎逗留中の小遣いすら持たされていない御家人の子弟の懐具合を案じていた。

「あの金子は陣内様が酒食の足しにせよと申されて下されたもの、お心遣いに叶う」

と一柳聖次郎が言葉を添えた。

「滝口様方を招いた以上、滝口様方に心配はさせられぬ。それがしもなにがしか金子は用意した。ただ、卓袱料理がいくらになるのかさっぱり見当がつかぬ、不足の折は借りよう」

「それでよいのか」

「よい」

藤之助は聖次郎らに払わせる気はなかった。

長崎の地理に詳しい寅吉が夕暮れの町を案内して、丸山町と寄合町の境にある卓袱料理屋華月の門前に立ったとき、石灯籠《いしどうろう》の明かりが水を打たれた石畳に映える風情の刻限になっていた。

時岡吉春が怯《おび》えたような声を出した。

「十三郎、それがし、このような大廈《たいか》酒楼《しゆろう》に足を踏み入れたことがない」

「おれもだ、吉春」

二人の怯えも当然で大身旗本の一柳聖次郎も酒井栄五郎も言葉を失って、三階建ての料理屋の威容を見上げた。

「これら、われらが出入りする店ではないぞ、藤之助」

栄五郎も尻込みした。

高島玲奈が手配してくれた華月だった。

藤之助は高島家には似合いかもしれぬが、伝習所の教授方や候補生が酒食に与かる店ではないと判断した。が、今さらあとには引けなかった。

「そなたの金子とわれらの六両を足したところでどうにもならぬぞ」

「栄五郎、そのときはそのときのことだ。さようなことはこの際、忘れて今宵は大いに歓談しようではないか」

と友に応えた藤之助は、

「御免《ごめん》」

と門を潜りながら叫んだ。

広い玄関に綺麗どころが並んで両手を突いて出迎え、

「ようこそ参られましたな、伝習所剣術教授方座光寺藤之助様にございますな、江戸丸の主船頭方はすでに到着しておられますたい」

と女将《おかみ》が藤之助に挨拶《あいさつ》した。

「世話になる」

藤之助は玄関先で藤源次助真《とうげんじすけざね》を腰から抜いて玄関に上がった。すると栄五郎らも覚悟をしたか、

「造作をかける」

「馳走になる」

などと声を掛けながら草履《ぞうり》を脱いだ。

座敷は湊を望む三階の大広間に用意され、すでに滝口治平ら八人が着座していた。

「座光寺様、お招きにより遠慮のう参じました」

と言いながら朱塗りの大きな円卓から立ち上がった滝口が藤之助に近寄り、

「座光寺様、話には聞いておりましたが、かような立派な料理屋とは存じませんで、ちょいと場違いではと戸惑っておるところです」

と小声で言った。

「それがしもいささか玄関先に立ったときは驚きました。今宵はわれら江戸丸で世話になった一同からのささやかな礼にございます。一切ご放念下さい、滝口どの」

「造作をかけてよいのかな」

「心置きなく飲み食いしましょうぞ」

栄五郎らは高欄《こうらん》から望める江戸丸やスンビン号を眺《なが》めて、

「絶景かな、絶景かな」

とはしゃいでいた。

藤之助は円卓に未だ料理が運ばれていないのを見て一度一階に下り、帳場に向った。するとそこに先ほど出迎えた女将がいた。

「座光寺様、料理は今お持ちします」

「そうではない。一つ二つ頼みがござる」

「なんでございましょう」

「船に三人ばかり水夫《かこ》が残っておる。その者になんぞ料理と酒を持ち帰ることは出来ぬか」

「重箱に料理ば詰めて酒もたっぷりとお持たせ致しまっしょう。華月のお風《ふう》に任せてつかあさい。簡単なことですたい。二つ目の頼みとはなんでございまっしょうな」

「それがし、長崎の事情を知らぬ。こちらのお代がいくらになるのか推測も付かぬ。本日、二十五両を用意してきた。足りなければ明日届けることで許してくれぬか」

お風が藤之助の顔をしげしげと見た。

「玲奈お嬢様が惚《ほ》れなさるはずですばい。東国の侍は野暮天ばかりと思いましたがな、此度《こたび》の剣術教授方はちいとばかり気遣いが違いますたい」

と笑い、

「座光寺様からびた一文でも貰おうもんなら、玲奈様がこの華月に鉄砲玉を撃ちかけ撃ちかけ乗り込みまっしょ。お代んこつはさらりと忘れて今晩は皆さんで大いに楽しんでつかあさい」

と胸を叩《たた》いた。

三

華月の円卓は二十二人の藤之助らが囲むことのできる格別な大きさだった。そこへまず彩り鮮やかな七品の小菜が運ばれて、朱塗りの円卓に映えた。

七品は主に冷菜で一つの皿に三種が盛られ、三種は山の幸、海の幸、里のものと、色と形が同じにならないように取り合わせてあった。それが七品もあるのだ。

「なんとも美しいものじゃな」

江戸丸の主船頭滝口冶平が感嘆し、船大工の寅吉が、

「どこから手をつけたらよいのでございましょうな」

と応じた。

藤之助らそれぞれの前には箸のほかに湯匙《トンスイ》、小皿二枚、盃が銘々置かれてあった。

酒井栄五郎が、

「おい、先生、この奇妙な匙《さじ》はなにに使うのだ」

と持ち上げて振ってみせた。

「分からぬ、だれもが始めてなのだ」

と藤之助が答えたとき、帳場で藤之助が掛け合った女将のお風が出てきて、ぴたりと座り、

「皆様、ようこそ華月に参られましたな。ちいとばっかり卓袱料理の能書きばたれまっしょたい」

と挨拶し、

「まずお客様が手になさっておられる湯匙は、散《ち》り蓮華《れんげ》とも呼びますもんで、なんかんでん汁を掬《すく》う折に使うものですたい。皿は二枚、箸と湯匙を使い分けます。こぎゃんなことば申すと、えろう七面倒やと思われるかもしれまっんが、卓袱料理は難しい作法はございまっせん。真《まこと》に簡単な作法にございますもん。まんず正客様、接待様の区別がなきように円卓を囲みます。酒の献酬《けんしゅう》も好き放題、直箸《じかばし》で料理を取り分けます。酒食の合間には腹がふくれれば、窓から湊を眺めるもよか、ごろりと休まれるのも作法のうち。休んではまた飲み、また休んでは飲んでつかあさい」

「なにっ、礼儀は要らぬのか」

栄五郎が気勢をあげた。

「なによりの持て成しはお仲間同士の談笑にございますたい」

「そいつはよい。座光寺先生と呼ぶのは窮屈じゃと思うておった」

「おや、栄五郎。そなた、一度でもそれがしを先生と敬《うやも》うたことがあるか」

「そういえばないいな」

栄五郎が応じて座が沸いた。

「今宵は先生、生徒の区別なく打ち解けてつかあさい。それが長崎の風流ですたい」

とお風が言うとぽんぽんと手を叩《たた》いた。

「座光寺様、普段は卓袱には給仕もおりまっせん。ばってん、今晩はちぃと趣向がございますもん」

その言葉が終わるか終わらぬうちに座敷に綺麗に着飾った娘衆がどっと酒を運んできた。だれもが若く、着物姿だがどことなく長崎風の着こなしの娘たちだった。それが客の間に座った。だが、藤之助の左にはお風が控え、右はだれも座らなかった。

「おおっ、これは美形かな」

聖次郎が破顔し、十三郎や吉春はぽかんとした顔をした。

「どうぞお一つ」

娘たちが盃を客に持たせると酒を注いだ。

琥珀《こはく》色に輝く唐人の甕出《かめだ》しの老酒だった。

藤之助の盃はお風が、

「ちいとばっかり年ば食うておりますが、私の酌で許してつかあさい」

と注いでくれた。

「座光寺様、えらい趣向でございますな」

滝口も陽に焼けた顔をほころばせて喜んだ。

「滝口どの、無礼講が長崎風流だそうな、郷に入れば郷に従えです」

「いかにもいかにも」

二十二人が盃を上げて乾杯し、宴が始まった。

最初こそ娘らに接待され、かたい表情だった若い水夫や吉春たちも一杯酒が入ればもはや遠慮なしに互いに献酬し、娘衆から酒を受けた。

「これは美味《うま》い」

「江戸ではお目にかかれぬぞ」

と言いつつ冷菜があっという間になくなった。すると次におひれと呼ばれるひれ椀、みそ椀と汁物が二つ続いて出た。おひれは鯛のひれが一椀ごとに入っていた。

「座光寺様、鯛のひれが入ちょりまっしょ。これは客一人に鯛一尾を使うたという意ですたい。長崎ではこれが卓袱の見えですもん」

「二椀とは豪儀ですね」

「おひれは清汁《すましじる》、みそ椀は白味噌仕立てですたい」

若い伝習所候補生や水夫たちだ。二つの椀もあっさりと食べた。

「座光寺様、さすがに若い方々ですたい、気持ちがよかほどよう箸が動きよる。これからは中鉢、大鉢、煮物と続きますが一緒にお持ちしましょたい。まずは目から食べてつかあさい」

主菜が次々に運ばれてきた。

中鉢もまた藤之助が初めてお目にかかる料理だった。

「これは唐人料理から卓袱料理に入ったもんでしてな、唐の詩人の蘇《そ》東坡《とうば》さんがこよなく食したところから東坡肉《トンボウロウ》と呼ばれる豚の角煮でございますたい」

「ひえっ、豚じゃと」

若い水夫が驚きの目を丸くし、鉢の料理を見詰めた。

藤之助がまず箸をつけた。その様子を一座が見守った。しばし無言で食していた藤之助の顔に満足の笑みが静かに浮かんだ。

「座光寺様、うまいですか」

船大工の上田寅吉が聞く。

「寅吉どの、このような美味、それがしこれまで食したことがない」

その言葉が終わらぬうちに一斉《いっせい》二十一人が東坡肉にかぶりついた。

「こいつは絶品かな」

「滝口様、それがし、摂津《せっつ》で江戸丸を下船しないでようございました。このような美味江戸の御家人の倅《せがれ》は生涯食べることはありますまい」

吉春が言いかけた。

「私も初めての経験にございますよ。皆様を引き止められた座光寺様の男気に感謝せねばなりますまい」

「いかにもいかにも」

と船酔いした頃の思い出が一頻《ひとしき》り話題になった。

酌の娘たちが一旦《いったん》姿を消した。

しばらくすると締め切られていた次の間の襖《ふすま》が両側に引き開けられた。すると異国の薄い物を纏《まと》った楽人が異郷の調べを奏で始めた。

赤い明かりに照らされた楽人は、すべて若い美姫で賑やかだった円卓が粛然とした。

五人の女たちの真ん中で提琴《ヒヨオル》を奏でる娘が玲奈だとすぐに気付いた。

(玲奈め、いろいろと驚かしてくれるわ)

藤之助の顔に笑みが浮かんだ。

「座光寺様、どけんでっしょ」

「長崎の接待はなかなか趣向に富んでおります」

「そう言われますばってん、長崎も人は見ますばい」

と笑うとお風が藤之助のかたわらから立ち去った。

「おい、藤之助、異郷に紛れ込んだ気がして頭がくらくらするぞ」

栄五郎が酩酊《めいてい》の顔を向けた。

「長崎の女は江戸の女とは顔立ちも立ち居振舞いも違うぞ。おれは惚れた、あの美形揃《ぞろ》いを見たか」

という栄五郎に聖次郎が、

「なかでも真ん中で楽器を奏でる女の美貌はどうだ」

「聖次郎、おれも先ほどから目をつけておった。話しかけては無礼かのう」

「調べが終わったあとなればよかろう。女将も申したように長崎では無礼講が風流と申すからな」

と二人が勝手なことを言い合った。

「赤かっとばい　のんのかばい　金巾《かなきん》ばい
阿蘭陀さんから　貰うたばい」

と一人の娘が嫋々《じょうじょう》と歌い上げた。

藤之助は静かに酒を干しながら楽人たちの調べに耳を傾けていた。

玲奈が提琴を演奏しながら荘厳に歌い出した。

「ベレンの国の若君
いまどこにおらすか
御《お》讃《ほ》め尊《たつと》め給え」

藤之助はその意味が分からないながら、祈禱《オラシヨ》から転じたものではないかと思った。

この歌で歌われたベレンとは伴天連《ばてれん》の教祖デウスが誕生したベツレヘムのことだった。

そのことに気付いたのは長崎を熟知し、玲奈が何者か承知の滝口と寅吉だけのようだと藤之助は座を窺《うかが》った。

「藤之助、あの女、紅毛人か南蛮人と和人の女との間に生まれたのではないか」

聖次郎がそう推測の言葉を呟《つぶや》いたが藤之助はただ頷《うなず》いただけだった。

玲奈の提琴が中心となった、哀しくも心が洗われるような旋律で終わった。

襖が静かに閉じられた。

座から、
ふうっ
という溜め息が重なって洩れた。

「やるせないような気分になった。おれは伝習所の勉学よりこちらの方が向いておるかもしれん」

栄五郎がしみじみという。

「馬鹿を申せ。本分を忘れてはならぬ、今宵は格別な夜だぞ、栄五郎」

「それは承知しておる。だが、今の調べを聞いたら哀しいような切ないような気持ちになった。そなた、そう感じぬか」

「栄五郎、おぬし、提琴を弾いた女に惚れたな」

と聖次郎が言い、

「おれも」

「それがしも」

と一座から何人もの男たちが手を上げた。

「弱ったものだ、まるで熱病に憑《つ》かれおったぞ」

「聖次郎、おぬしはどうか」

「おれか、おれはあのような美形は駄目だ。よく考えたが完璧過ぎて面白みがなかろう」

と答えた聖次郎が、

「座光寺藤之助、そなたはどうか」

と藤之助に問うた。

その背後に人影が立った。

「藤之助、どうなの」

高島玲奈が訊いて、藤之助のかたわらに座り、悪戯《いたずら》そうな笑みを浮かべた目付きで覗き込んだ。すると座にえも言われぬ芳香が漂った。

栄五郎も聖次郎もぽかんとして、玲奈と藤之助を交互に見た。

「そなた、し、知り合いか」

「栄五郎、いや、一座の方々にご紹介申し上げる。長崎町年寄高島了悦様の孫娘、玲奈どのだ」

「そなた、いつ知り合った」

「栄五郎、それがし、そなたらと違い、時間に余裕があるでな」

「同じ船で江戸を出た人間でありながら、この差はどうだ」

栄五郎が愕然《がくぜん》とした。

玲奈の明るい笑いがその場に流れた。


「おい、藤之助、おれは悪酔いしたぞ。今晩は夢の中でぐるぐるとそなたの顔と玲奈さんの顔が浮かんできそうだ」

中島川沿いの河岸道を酒井栄五郎が体をくらくらと横に揺らしながら歩いていく。

「明日は早いことを忘れるな」

藤之助の手には江戸丸に残る三人の水夫の料理と酒の包みが提げられていた。

「どうして、人生はこううまくいかぬものか」

「なにが不満だ、栄五郎」

と聖次郎が持て余したように聞く。

「そなたは感じぬか。われら、耳鳴りがするような阿蘭陀人の教官どのの授業を受けておるときに座光寺藤之助は高島玲奈どのと懇《ねんご》ろになっておるのだぞ」

「そなたの不満も分からぬではないが、人はそれぞれ歩むべき道が異なっておる。おれは玲奈どのの顔を見たとき、人それぞれに考えがあって選ぶべき道があるとな、卒然と覚《さと》ったのだ」

「そなた、完璧過ぎて面白みがないと申していたではないか。卒然と覚るもなにもあるまいが」

「栄五郎、ときに人が口の端《は》にのせる言葉には裏がある」

「なんだ、そなたも玲奈どのに一目ぼれしておったか」

「そういうことだ」

玲奈は一座に挨拶すると、
「藤之助、最後まで楽しみなさい」
と言うと藤之助の頰《ほお》に軽く口付けして、
すうっ
と廊下に消えたのだ。
「ああ見せ付けられては諦めるしかあるまい」
聖次郎が洩らし、

「ああっ、伊那《いな》の山猿がなぜもこうもてるかおれには分からぬぞ」

と栄五郎が嘆いた。

「聖次郎、栄五郎らを頼む」

「そなた、伝習所には戻らぬのか、玲奈どのと逢瀬か」

「馬鹿を申せ。本日の正客様は滝口どのらだ、大波戸まで見送る」

その言葉を聞いた冶平が、

「座光寺様、滅相もございません、その要はございませんぞ」

と遠慮したが、

「酔い覚ましに湊の風に当たりたいのです」

藤之助は伝馬まで見送ることを止めなかった。

「よいな、栄五郎、伝習所に近付いたら静かに致せ。門番に宿舎に入れてもらえぬぞ」

「そなたはおれの小舅《こじゆうと》か、ちと五月蠅《うるさ》い」

十二人の候補生が伝習所への道を辿《たど》りかけ、十三郎と吉春が藤之助のところに走り戻ってきた。

「座光寺様、大変楽しい一夜でした。これでなんとしても異国の学問を続ける力が湧いてきました」

「教授方、異国の料理、美味にございました、馳走になってすみません」

と二人が口々に言うと仲間のところに戻って行った。

船着場にはすでに江戸丸の伝馬が迎えに出ていた。

副船頭や水夫らが藤之助に礼を述べて伝馬に乗り込んだ。

「座光寺様、すっかりご馳走になりましたな。なにがしかの金子を用意していきましたが、あの場を見たら座光寺様のご親切を黙ってお受けするべきと宗旨替えしました」

「われらの気持ちです、なんのことがございましょう」

藤之助は提げていた包みを治平に渡した。

「船に残られた三人への土産です」

「な、なんと」

予想もかけないことであったか、治平が言葉を失った。

「われら、江戸と長崎を多年往来して参りましたが、かようなお持て成しを受けたのは初めてにございます。なんとも愉快な宵でした。それに船に残った者までに……」

「滝口どの、それがしも楽しい宴でした」

ふふっ
と治平が思い出し笑いをした。

「玲奈様が座敷に挨拶にお見えになった時の酒井様方の顔付きといったらありませんでしたぞ」

「それがしも驚かされました」

「座光寺様、われら、明後日早朝に出帆することが決まりました。なんぞ江戸へ持ち帰るものがあったら、お預かり致します」

「願おう」

治平が最後に伝馬に乗り移り、沖合いの江戸丸を目指して櫓《ろ》が軋《きし》んだ。

「われら、生涯忘れえぬ宴になりましょうぞ」

いつまでも伝馬から手が振られ、声がかかった。

大波戸の船着場に藤之助と寅吉の二人だけが残った。

「終わったな」

「礼が遅くなりましたが、わっしもこれほど楽しい宵を過ごしたことはございませんや」

「それはよかった」

藤之助が答えたとき、ばたばたと風に帆が鳴る音が響いた。

四

濃緑の船体の小帆艇レイナ号に二つの人影があった。一人は先ほど華月であった高島玲奈で、黒衣に変わっていた。もう一人の若者が舵棒を握っていた。

かたわらの寅吉が、

「静太《しずた》」

と呟くように洩らした。

「知り合いか、寅吉どの」

「見習いの船大工にございますよ」

小帆船が船着場に巧みに横付けされた。

「藤之助、助けて」

藤之助は玲奈のかたわらに飛び乗った。船着場に残った寅吉に別れの挨拶をしようと振り向くと、

「わっしもお供をさせてもらいましょ」

と乗り込んできた。

「寅吉どの、後々《のちのち》迷惑がかかるやもしれぬ」

「戸田村の船大工は義理を忘れちゃ生きていけませんので」

静太と呼ばれた若者が、

「兄《あに》さん、すまんたい」

「これからのことは見猿聞か猿言わ猿に徹しましょうかな」

と寅吉がだれにともなく呟いた。

レイナ号が船着場を離れ、長崎湊の奥へと針路を向けた。船の舳先に玲奈と藤之助、艫に寅吉と静太と二組に別れて乗っていた。

「なにがあった」

玲奈が顔の前に垂らしていた黒の薄布を上げると、

「家野郷《よのごう》に手が入ったの」

と告げた。

「宮内桐蔵か」

玲奈が頷いた。

「家野とはどこだな」

「湊の北側に浦上川《うらかみがわ》が流れ込んでいるわね。浦上川を遡《さかのぼ》ると両岸にきりしたん村が続く。家野郷は岩屋川《いわやがわ》の左岸に広がるデウス様の聖地よ」

玲奈の口から歌が衝《つ》いて出た。

「家野は善《よ》か善か
昔から善かよ
サンタ・カララで日を暮らす」

そんな歌詞が藤之助の耳だけに届いた。

「サンタ・カララとはなんだ」

「伴天連の教えを昔の仲間が聞き間違えたの。正しくはサンタ・クララ、きりしたんの教えの中に出てくる聖女様の名よ。浦上にはきりしたん信仰が盛んだった二百五十余年も前、多くの信者が住み、家野郷にはサンタ・クララ聖堂が建てられていたの。だけど、そんな平穏な時代はわずか十数年しか続かなかった。慶長《けいちょう》十九年（一六一四）、幕府の命により長崎の十一のきりしたん聖堂は全て壊されたの。その時、サンタ・クララ聖堂も破却された」

「だが、今も家野一帯はそなたらの善か地なのだな」

「そう、地に潜って隠れきりしたんになった。藤之助、一年に一度、隠れきりしたんが集う宵があるの。八月十三日の夜、「善《よ》か盆」といって、サンタ・クララの聖堂跡に集まり、大きな輪を作って踊り明かすの」

「盆踊りとは称しているが隠れきりしたんの祭礼じゃな」

玲奈が頷き、顔を藤之助の広い胸に寄せた。馴染みになった玲奈の香が藤之助の鼻腔を突いた。

藤之助は手で玲奈の頰を触った。その手に玲奈の手が重ねられた。

「有難の利生《りしよう》や 伴天連様の御影で
寄衆《よせしゆう》の首をズント きりしたん」

と歌声が響いた。

「どのような意味か」

「島原の乱の折、益田四郎時貞《ますだしろうときさだ》様らきりしたん衆が城中で歌っていた歌よ、この歌を歌いながら、寄せ手の軍勢と戦い、死んでいった。それが家野にも伝わり、善か盆に踊られ、歌われるの」

「寄衆とは幕府軍のことだな」

玲奈が頷き、藤之助の胸で顔が動いた。

「玲奈様、浦上川河口にございますぞ」

と静太の声が聞こえた。

「河口から歩くわ」

玲奈が起き上がり、静太に帆船を隠すように命じた。

「寅吉どの、そたなは船に残り、われらが戻ってきたとき、即刻船が出せるようにしておいてくれぬか」

藤之助は船大工の寅吉をきりしたん騒動に巻き込むことを懸念して言った。

「承知しました」

帆船が河口付近の船小屋に隠された。

静太は菰包《こもづつ》みを背に負い、道案内に立った。菰包みは三尺ほどの長さであった。

玲奈、藤之助の二人は静太に従い、浦上川を徒歩で遡《さかのぼ》り始めた。

藤之助にとって初めての山里であった。暗闇をひたすら玲奈の手を引いて歩く。

「今宵は善か盆の仕度をしていたの、それを宮内に突き止められたようよ。小人目付、今から一刻も前に長崎奉行所の同心らを連れて陸路家野郷に向かったわ」

「奉行所の中にもそなたら仲間がいるようだな」

「捕り方は何人か」

「奉行所の地役人は長崎の生まれよ、だれが真の主か承知しているわ」

「三十人ほどよ」

「集まった信徒を逃せばよいのだな」

「藤之助、だれも血を流すことは求めてないの」

いつしか川は岩屋川と名を変えていた。

藤之助はただ静太の歩みに従っているだけで周囲の様子は全く分からない。

険しい山道に差し掛かった。これまで歩いてきた坂道より急坂で視界を鬱蒼《うっそう》とした木々が塞いでいた。

静太の背の包みが枝葉を強引に押し曲げ、それが弾けて藤之助の体や顔を打った。

藤之助は背に玲奈を回し、弾ける小枝が体に当たらぬように防いでいた。そのせいで玲奈の吐息を背に感じながら進んだ。

不意に視界が開けた。

三人は斜面に開けた里地を見下ろす急な斜面に到着していた。

眼下の里地では数十人の影が無音のうちに動いていた。善か盆の仕度をしている姿だろう。

岩場と里地の間には一町半ほどの距離が広がり、わずかに月光が里地を照らしていた。

「藤之助、あの里地に二百数十年前、サンタ・クララ聖堂が建っていたの」

玲奈は瞼《まぶた》に幻の聖堂を思い描いているように呟いた。

隠れきりしたんたちの動きが変わった。歌声が響いたがその意味するところは藤之助には理解できなかった。

「なーみ　ふかーみ　あぶらきうるす　きえんなうんてこんて　しろくろ　ぱあーてあんぷの　ぜんぜん　こんぷの　ぜんぜん　ろーむね　らーむね　ちりめん　ちりぶそ　いけさんた　はなのえごろす　てでぺです　あめん」

輪になって回り始めた。緩やかな動きと声には祈りの意味が隠されていることは明らかだった。

藤之助は宮内桐蔵に指図された捕り方が包囲の輪を作り、静かに潜んでいることを玲奈に教えた。

「静太、包みを解いて」

「畏《かしこ》まりました」

静太が腰に下げた山刀で包みの縄の結び目を切り、菰を広げた。

月光の下に黒光りした、二挺のゲーベル銃が姿を見せた。

「操作は短銃と変わりないわ」

一挺の銃を手にした玲奈が無言のうちにゲーベル銃の操作を繰り返した。そして、最後に装弾した。

「玲奈、ちと遠い。あの岩場まで近付こう」

頷いた玲奈が静太にこの場に残るように命じ、藤之助らは斜面を半町以上も下って、屹立《きつりつ》した岩場へと向かった。

岩場は斜面に突き出るように立っていた。高さは一丈ほどか。

「おれが先に登る」

藤之助は自らのゲーベル銃を玲奈に預け、岩の頂きへとよじ登った。そして、二挺の銃を受け取り、最後に差し伸べる玲奈の手を摑《つか》んで引き上げた。

岩場は二人がようやく寝そべるほどの広さがあった。

寝そべった二人が岩場から見下ろすと、藪《やぶ》に潜んだ長崎奉行所の捕り方の輪がさらに縮まっていた。

だが、善か盆の踊りに熱中する信徒たちはその気配に気付いていなかった。

包囲網の後ろに宮内桐蔵が立ち上がった姿を藤之助は認めた。

藤之助と玲奈はゲーベル銃を伏射の姿勢で構えた。

照準を藪蔭に潜んで輪を縮める捕り方の一間前に定めた。

無言の舞は粛々《しゅくしゅく》と続いていた。

さらに捕り方の輪に動く気配があった。

「藤之助」

玲奈が叫び、包囲網が動こうとする藪に狙いを定めて、最初の引き金を引いた。

藤之助も続いた。

ずーん！

連射される銃声に踊りの輪が竦《すく》んで、停止した。だが、次の瞬間に頭分《かしらぶん》が情勢を見定めるように辺りを見回した。

藤之助と玲奈は交互に発射し、射ち続けた。

捕り方の包囲の輪もまた銃弾の飛来に動きを止めていた。だが、その銃弾が捕り方の動きを牽制していると覚《さと》ったか、
わあっ！

と叫んで、逃げ散った。

包囲の輪が崩れた。

宮内桐蔵が刀を抜くと叱咤《しった》の声を上げた。だが、新たな銃弾が捕り方の体の近くを威嚇《いかく》すると、隠れて潜んで包囲網を縮める命を忘れて逃げ惑った。

隠れきりしたんの頭分が崩れた包囲網の一角を指示し、密やかに輪の外に逃れた。包囲網を出て、里地に出れば長崎奉行所の捕り方よりずっと地理に明るかった。

藤之助と玲奈は新たな装弾したゲーベル銃で捕り方の動きを攪乱《かくらん》するように射ち続けた。

「玲奈、もはや信徒衆は逃れたぞ」

「戻りましょう」

二人は伏せた姿勢で後退《あとずさ》りして岩場から降りた。さらに斜面を駆け上がり、静太の待つ斜面に戻ると今度は来た道を浦上川河口へと戻り始めた。

家野郷サンタ・カララ聖堂の跡地から山路を辿り、浦上淵村《うらがみふちむら》で川岸に降りようとした藤之助は尾行に気付いた。

「玲奈、たれぞ尾《つ》けてくる」

三人は歩みを止めた。

玲奈と静太が前後の闇を透かした。だが、相手の気配は感じ取れなかった。

「気のせいではない、藤之助」

「いや、確かに前後を囲まれている」

「小人目付かしら」

「いや、宮内よりわれらが先行しているはずだ、静太が道案内じゃからな」

「じゃあ、だれ」

姿を見せぬ相手に玲奈が苛立つようにいった。

「宮内桐蔵には江戸から別行動してきた者がいたのだ。隠れきりしたんを誘き出すための手下《てか》を密かに帯同していたと考えたほうがいい」

「下忍《しのび》かしら」

「そんなところか」

ゲーベル銃は再び菰に巻き、静太が背に負っていた。

玲奈は短銃を携帯していたが藤之助はこの夜、リボルバーを持参していなかった。

「どうする」

「静太、そなたはしんがりにつけ。それがしが先頭を行く」

藤之助と静太が位置を交代した。再び前進を始めた。

川の流れを見下ろしつつ、土手道を歩く。対岸におぼろに点在する百姓家が望めた。

「藤之助、私には感じられないわ、気の迷いと違う」

玲奈が囁《ささや》き、藤之助の注意がそちらに向けられたとき、前方に音もなく飛び下りた者がいた。

藤之助は視線を元に戻しつつ懐に右手を入れていた。

小鉈の柄を摑んで引き出しつつ、前方を確かめた。

六、七間先に黒装束がしゃがんで再び跳躍の気配を見せた。その手には十字手裏剣《しゅりけん》のような飛び道具が月光に煌《きらめ》いて見えた。

藤之助の小鉈が手を離れ、その直後に影が立ち上がりつつ手の飛び道具を投げようとした。

立ち上がった眉間に小鉈が突き立ち、

がくん

と腰が落ちて十字手裏剣はあらぬ方角に飛んでいった。

うっ

と呻《うめ》き声を残した影が川の流れへと転落していった。

藤之助は後方の気配を確かめた。

相手は動きを止めていた。

「玲奈、静太、しゃがんでおれ」

無言の裡《うち》に二人が藤之助の命に従った。

藤之助は流れに飛び下りると仰向けになった姿勢で下流へと流れ出そうとする黒衣の男の眉間に突き立った小鉈を抜き、血に塗《まみ》れた刃をごしごしと手で洗い流した。後ろを振り見て、もう一人を牽制すると土手道へ飛び戻った。

「参ろう」

三人はひたひたと河口に待ち受ける小帆艇レイナ号へと急いだ。

二人目の下忍はついに姿を見せなかった。

すでに寅吉がレイナ号の出船の仕度をして待ち受けていた。

三人は黙って小帆艇に飛び乗り、レイナ号が浦上川河口を静かに離れた。

沖合いに出たとき、玲奈の手が藤之助の手を無言で摑んだ。


それから一刻後、伝習所剣術道場で藤之助は独り座禅を組んでいた。

心を鎮めた藤之助は稽古着の腰に藤源次助真を差し、神棚に拝礼すると信濃一傳流《しなのいちでんりゅう》奥傳《おうでん》正舞四手従踊八手のかたちを演じ始めた。

緩やかに遣《つか》われる太刀筋を支えるのは腰と足だ。五体の線と刃の動きがぶれることなく、流れるように動かされるとき、神韻縹渺《しんいんひょうびょう》とした空気が醸《かも》し出された。

そんな最中、ひっそりと道場に忍び込んで、座した者がいた。

宮内桐蔵だ。

だが、藤之助は無念無想の裡に演武を続け、十二手を舞い納めた。

宮内桐蔵が立ち上がり、藤之助の許に歩み寄った。

「伝習所剣術教授方にその若さで就かれるわけだ、只者《ただもの》ではございませぬな」

「わざわざ夜明け前からお越し頂いた上に丁重なるお褒《ほ》めの言葉か、恐縮至極にござる」

「座光寺様、日夜、寝る暇もなきご活躍ですな」

「なんのことにございますな。昨夜は江戸丸の船頭方や伝習所候補生らと卓袱料理を楽しく食し時を忘れた。その足で伝習所宿舎に戻り、ぐっすりと眠り申した」

「どこぞでお見かけしたような気が致しましてな」

「小人目付どの、そなたこそ眠りが足りぬのではござらぬか。知らぬ土地に参ると当初水も食べ物も合わぬと申すでな、知らず知らずのうちに疲労が溜《た》まり、幻覚を見ることになる。用心めされ」

「座光寺様、長崎町年寄の孫娘としばしばお会いなされておられるようだが、注意されよ。交代寄合伊那衆の家柄、そなた様の代で潰《つぶ》れる事になりかねませぬぞ」

「わが家系まで案じ下さるか、ご奇特かな」

ちえっ
と宮内が舌打ちした。

「そろそろ門弟衆が姿を見せる刻限にござる。御用がなんぞおありかな」

「座光寺様は日頃から懐に小鉈を所持なされているそうな、拝見できませぬか」

「見せぬこともないが、なんぞ事情があってのことか」

「浦上川に眉間に奇妙な傷を持つ死体が発見されましてな。どうやら小ぶりな鉈が突き立てられたような按配《あんばい》でござってな」

「それでそれがしの小鉈が疑われたか」

「小鉈は一人では飛ばぬ道理、投げた当人がおられよう」

「いかにもさよう」

藤之助は見所《けんじょ》に向かうと脇差《わきざし》と一緒に置いていた小鉈を摑んだ。

振り向くと宮内がすぐ藤之助の背後にいた。

「伊那以来、永年使うてきたで、刃が半分ほどに摩滅しておる」

刃を摑んで柄を先に差し出した。

受け取った宮内桐蔵が木の鞘を払い、朝の光に刃を翳《かざ》して確かめた。

「綺麗に研ぎ上げられておる」

「目を覚ますと小鉈を研いで心身を鎮めるのがそれがしの日課でな」

刃から藤之助に視線を移した宮内が鞘に小鉈を納め、

「ああ言えばこう申される。利口者はいずれぼろを出す。大音寺坂でもこのような飛び道具が使われたと聞いておる」

視線と視線が絡んで火花が散り、宮内から小鉈を藤之助は受け取った。

「そなた、往《い》んでくれぬか。朝稽古の刻限でな、迷惑だ」

くるり

と背を向けた宮内桐蔵が足音も立てずに玄関に向かった。

第四章　伝習所打ち返し

一

座光寺藤之助《ざこうじとうのすけ》はその事実を聞かされて呆然とした。

長崎海軍伝習所の診療所にようやく能勢隈之助《のせくまのすけ》を見舞うことを許され、その前に医師から経過の説明があるからと、外科医三好彦馬《みよしひこま》の部屋に連れて行かれた。そこで思わぬことを聞かされた。

三好は若狭小浜《わかさおばま》藩の家臣であり、蘭方医の家系でもあった。長崎には藩から派遣されて、出島に阿蘭陀《オランダ》医師から西洋医学を、とくに外科手術を学んできた少壮の医師だ。長崎滞在はすでに六年になるという。今では海軍伝習所の主任外科医であり、手術の第一人者だった。

「座光寺どの、われらも手を尽くしましたが銃身の破片の一部が左手首に食い込み、その一つが腱を切断して錆《さ》びた鉄片が壊死《えし》させた上に化膿を引き起こしてしまった、この錆が弾詰まりの後の破裂を引き起こしたのです。そこで左腕を助けるために手首を切断せざるをえませんでした。なんとも残念です」

三好の顔には無精髭《ぶしょうひげ》が伸びて重い疲労が絡み付いていた。それはこの数日の苦闘を如実に物語っていた。

「なんと、思いもかけぬことで」

と答えた藤之助は、

「当人はどうしております」

「ただ今は落ち着きを取り戻しましたが手首切断を知らされたときにはだいぶ取り乱しました」

「いかにもそうでしょう」

幕臣の子弟から海軍伝習所第二期生の候補として勇躍江戸を発ってきたのだ。途中、嵐に遭《あ》い、船酔いに苦しんだ能勢隈之助は、一旦《いったん》、摂津《せっつ》国尼崎湊《あまがさきみなと》で一柳聖次《ひとつやなぎせいじ》郎《ろう》、塩谷十三郎《しおやじゅうざぶろう》、時岡吉春《ときおかよしはる》の四人一緒に下船し、長崎行きを諦《あきら》めた経緯《いきさつ》があった。それを説得し、翻意させたのは藤之助だった。

一行は江戸丸の船中では嵐の海に藤掛漢次郎《ふじかけかんじろう》が落水して行方を絶ち、十二人になって長崎に到着した。

この地に到着した能勢らは諸外国の動向や日本の立場を知り、自ら異国の学問を学んで日本を再生させる先陣に立とうと決意した最中の出来事だった。

「お医師どの、能勢を見舞ってきます」

三好が頷《うなず》いた。

藤之助は病室に入る前に顔に明るさを装った。

扉を開くと板の間に寝台が置かれ、白い包帯を手首に巻いた能勢隈之助が青い顔で寝て、窓の外の庭に植えられた芙蓉《ふよう》の花を見ていた。

「能勢どの、見舞いに参った」

隈之助の顔がゆるゆると動いて藤之助を見た。

「座光寺先生か、おれはついておらん。摂津から江戸に戻ればよかったと悔いておる」

と恨《うら》み言《ごと》を言った。

藤之助は返す言葉がなかった。

「江戸にこの恰好《かっこう》で連れ戻されて、家族になんと申せばよい。二十歳《はたち》を過ぎた身空

で、片手で生きていかねばならんのだぞ」

　糞っ！

　と隈之助が吐《は》き捨てた。

「悔しい」

「努々《ゆめゆめ》考えもしなかった」

「異国の医学は進んでおるというが、おれの手首一つ治療できなかったぞ」

　藤之助は隈之助が鬱々《うつうつ》とした腹に溜《た》めた不満や怒りを吐き出させるために好きに話させた。

　隈之助の呪詛《じゅそ》とも思える恨み辛《つら》みは四半刻も続いた。が、ふいに、

「座光寺先生、すまん。自分が情けない」

　と涙を零《こぼ》した。

「先生、おれは江戸に追い返されるのであろうな」

「永井《ながい》様が申されたか」

　長崎海軍伝習所初代総監を大身《たいしん》旗本の永井玄蕃頭尚志《げんばのかみなおゆき》が務めていた。

　当然、能勢の処遇をうんぬんする権限を永井が持っていた。

「いや、手術後、会ったのは座光寺先生が初めてだ」

「ならばそのようなことは考えぬことだ」

病室の扉が開き、永井が入室してきた。

藤之助が会釈すると永井がかたい表情で返し、

「能勢隈之助、残念であった」

と言った。

その短い言葉に万感の思いが籠《こも》っていた。

「三好先生方も最大限の努力はなされた。そなたは知るまいが阿蘭陀医師も手術に立ち合われ、なんとか手首を残そうと努められた」

「永井総監、能勢隈之助、どうなりますので」

切り口上に聞いた。

「志を持ち、江戸を出てきた以上このまま江戸に帰るのは残念であろう、無念であろう。だが、そなたも武家の子弟、戦場に出た怪我人の身の振り方は存じておろう」

永井は江戸に戻れと言外に命じていた。

命ずる永井総監も非情冷酷を重々承知していた。だが、長崎の海軍伝習所は開所したばかり、怪我人を抱える余裕はなかったのだ。やることは無数あり、人手も資金も不足していた。なにより時間がなかった。

寝台の隈之助の顔が愕然《がくぜん》として引き攣《つ》った。

「そなたには過酷な仕打ちと聞こえるやも知れぬが、能勢隈之助、明朝出帆する江戸丸に今夕までに乗船せよ。長崎奉行川村修就《かわむらながたか》様と相談し決定したことである、受けよ」

病室に重い沈黙が淀み、長く続いた。

「永井総監、決定にございますか」

藤之助が念を押した。

「川村奉行と激論の末の結論である」

「能勢の伝習所候補生の身分、すでに喪失したと考えてようございますな」

永井はなにが言いたいのだという表情で藤之助を見た。

「そう考えても差し支えなかろう」

「ならば長崎に残るのも自由にございますな」

「どういうことか、座光寺」

「候補生身分を解かれたのでございませんか。江戸に戻ろうと長崎に残ろうと能勢の意志ではございませんか」

「そなた、座光寺先生に願ったか」

ぽかん、とした顔付きの隈之助が首を横に振った。

「総監、それがしが考えたことにございます」

「説明せよ」

「江戸丸にて江戸に戻されれば能勢隈之助に大きな悔いが残りましょう。大地震の後の江戸で片手を失った旗本子弟がどうやって生きていけと申されるのでございますか」

「承知だがわれらにその余裕がないのだ」

「江戸も長崎も余裕がないことは一緒にございます。能勢隈之助の体、それがしが引き取らせて貰《もら》います」

「そなたも幕臣、伝習所の教授方の一人だぞ」

「能勢に伝習所を出よと申されるならば長崎の知り合いに身を預けます」

「無理を申すな、座光寺」

「無理ではございませぬ、総監。手首を失って出来る仕事はいくらもあるはずです、能勢は手首を失くしても頭脳も明晰《めいせき》です。なによりすでに異国の空気に触れた幕臣の子弟はそう数多くございません。能勢がこの長崎で新たな生き甲斐を見つける時間を貸して下され。お願い申します、総監」

と藤之助が腰を折り、頭を下げた。

寝台の能勢は混乱し呆然としていた。

永井総監が聞いた。

「能勢、そなたはどう考えるのだ」

しばし間があった。そして、考え考え、言い出した。

「長崎に残れるものならば、片手で出来る異国の学問なりなんなりを身につけとうございます」

「そうか、そのような所存か」

と応じた永井が、

「座光寺、能勢、今一度川村奉行と相談致す。その結果を待て」

「はっ」

と藤之助が畏《かしこ》まった。

永井尚志が早々に病室を出ていった。

「座光寺どの、そなたにはまた助けられた」

「まだ結論が出たわけではない。川村様が江戸に連れ戻れとお答えになるやもしれぬ」

「そのときは致し方ない。それがし、終生そなたの親切を忘れぬ」

「能勢、希望を捨てずに待て。それがし、ちとこの一件で相談したきところがある」

隈之助が縋《すが》るような眼差しで藤之助を見た。

「よいか、隈之助、どのような道が決まろうと手首を失ったことをもはや嘆くでない。残された右手と頭で挑む未来を考えよ。さすれば勇気も湧いてこよう」

隈之助が自らに言い聞かせるように大きく何度も首肯《しゆこう》した。

「また参る」

藤之助は診療所の病室を出た。


伝習所を出た藤之助が訪ねた先は江戸町の惣町乙名《そうまちおとな》椚田《くぬぎだ》太郎次《たろうじ》の家だった。

間口の広い家構えで内側に広々とした土間と板の間があって、若い衆が何人も荷造りなどをしていた。

「御免《ごめん》、太郎次どのはおられようか、ちとお目にかかりたい」

「へえっ」

と答えた若い衆の一人が、

「座光寺先生、ただ今取り次ぎますで、しばらくお待ちば願いますたい」

と奥に姿を消したがすぐに太郎次を伴い、戻ってきた。

「座光寺様、お上がりになりませんか」

「玄関先で話すことではないが時間がない、ちと頼みがあってきた」

「珍しかね、座光寺先生が真剣な顔付きでこの太郎次に頼みげな。どげんことしてもやり遂げないかんたいな、任せなっしゃい」

と長崎弁で答えた太郎次が胸を叩《たた》いた。

「話を聞かれぬのか」

「座光寺藤之助の頼みならば話は聞かんでんよかよか」

「そう申されず聞いてくれ」

と断った藤之助は、事情を説明すると万が一の場合は能勢隈之助の身を預ってくれぬかと頼んだ。

「そげん簡単な願いたいね。江戸から来た人間は人を殺す道を知っちょるが活かす方策を知らんたいね。手首が一つくらい失うたからちって、江戸に追い返す馬鹿がどこにおろうか」

と憤慨の体で言い、

「座光寺様、太郎次で力足らずなれば長崎会所がついておりますたい。大船に乗った気分でいちくだはい」

「頼む」

江戸町惣町乙名の家を出た藤之助が向かった先は船大工町《ふなだいくまち》の福砂屋だった。

「お出でなさいませ」

番頭の早右衛門《そうえもん》が藤之助を迎えた。

「過日、こちらの南蛮菓子カステイラを江戸に送ったが、大評判でな。明朝、出る船に届けたいのじゃが」

「有難うございます」

「此度《こたび》は屋敷ともう一軒別の家に送りたいで、二つの包みにしてくれぬか」

藤之助の念頭に文乃《あやの》の実家、武具商甲斐屋《かいや》佑八《すけはち》方があった。

「この前は確かカステイラだけでございました。此度《こたび》はちと普段の作り方より砂糖、双目糖《ざらめとう》、卵黄を多くして小麦粉との割合を変えた五三焼きを混ぜておきます、五三焼きとはもち米から作った水飴など加えものの比率でございましてな、和泉屋長鶴様とうちでは違います、いわばそれぞれが編み出した秘伝にございますよ。この上品《じょうぼん》を食べたら、もはや本家本元の南蛮のカステイラなど食せませぬぞ」

と胸を張った。

「さようか、ならば怪我見舞いに五三焼き一本を帰りに頂戴していこう」

「江戸丸の出船は明朝でしたな。江戸への荷はこちらから船に届けさせましょうか」

「助かる」

藤之助はいつものように福砂屋の座敷を借り受けて、養母のお列《れつ》と家老の引田武兵衛《ひきたたけべえ》、それに文乃に宛てて長崎の近況を報告する走り書きを三通認《したた》めた。

店に戻った藤之助は書状を渡し、代価を支払った。

「毎度有難うございます」

早右衛門が五三焼きのカステイラを提げるように包みにしてくれた。それを提げた藤之助は海軍伝習所へと戻った。

伝習所の教場では休み時間か、伝習生、候補生たちが縁側で思い思いに休んでいた。

「おい、座光寺先生、昨夜は馳走になった。また願おう」

と声を掛けてきたのは栄五郎《えいごろう》だ。そして、藤之助の包みに目をつけ、それはなんだと聞いた。

「五三焼きのカステイラと申す南蛮菓子だ」

「ここで開けぬか、われら、頭がいっぱいでなんぞ甘いものでも食べたいところだ」

「栄五郎、聖次郎《せいじろう》、よく聞け」

と集まってきた候補生たちに能勢隈之助の怪我の状態を告げた。

「な、なんということか」

聖次郎が呻《うめ》くように言った。

「手首を切断せねばならぬほどの大怪我だったか」

仲間の災禍に同じ江戸丸で長崎入りしてきた十一人の候補生らが言葉を失った。

「この包みは隈之助の見舞いだ」

「すまなかった、藤之助」

と栄五郎が軽率な発言を謝った。

「座光寺、おれは船で藤掛漢次郎を失い、長崎で隈之助を失うのか」

聖次郎が愕然と呟《つぶや》く。

「隈之助は手首を失くしただけだ」

「伝習所に戻れるのか」

それだ、と藤之助が答えたところに勝麟《かつりん》が慌《あわただ》しく姿を見せた。

「能勢のことただ今聞いた」

「勝様、われらもただ今知らされたところです」

と栄五郎が応じた。頷いた勝麟が、

「そなた、永井総監に能勢を長崎に残せと掛け合ったそうだな」

「えっ」

と栄五郎らが驚きの声を上げた。

「長崎奉行と伝習所総監のお二人は明朝出帆の江戸丸で能勢を江戸へ送り返す決定をなされた」

「むごい」

と塩谷十三郎が呟いた。

「座光寺が永井様に掛け合ったお蔭で総監と奉行の話し合いが再度奉行所で行なわれておる。川村様は当人が長崎に残りたいならば、それも一つの方策と考えを変えられた」

「よかったぞ」

と栄五郎が喜色を表わした。

「だが、そう簡単にいかぬのがわれら幕臣だ。長崎目付らが前例になき温情、江戸から出立《しゅったつ》した、不要の者は江戸に戻すのが筋と主張しておるそうな」

「不要の者だと、あのような使い物にならぬ古鉄砲で訓練させておいて怪我をしたから不要の者だとは許せぬ。勝様、能勢を使い物にならずと長崎から放逐なされようというのなら、その先どのような道を選ぼうと勝手ではありませぬか」

「前例もなにもあるか、このようなことが前に起こったのか」

と聖次郎と栄五郎が息巻いた。

「それがそうもいかぬのが長崎目付の考えよ」

教場で鐘が鳴らされた。

休憩時間が終わったのだ。

「おれは能勢が望んでおるのなら、これから診療所に参り、どこぞへ連れ出す」

と一柳聖次郎が言った。

「聖次郎、そなたらは教場に戻れ」

「どうする気だ、座光寺」

「おれに任せよ」

と言う藤之助に勝麟が、

「座光寺先生の命に従え。おれは比較的自由が利くで座光寺先生に付き合う。ここはわれらに任せよ」

と勝麟にまで言われ、

「お願い申す」

と聖次郎らがその場から去っていった。

「座光寺先生、いかが致しますかな」

と勝麟が藤之助の考えを窺《うかが》うように言った。

二

勝麟が診療所の先生らを引き付けているうちに病室に忍び込んだ藤之助が驚く能勢隈之助を背におぶって庭へ出ると伝習所の裏手へと回ってみた。そこはまだ造成中の敷地で、近い将来海軍医学伝習所が建つ予定の土地だった。柵はあるにはあったが乗り越えられぬこともない。

人影もなく藤之助は隈之助を柵の上に一旦《いったん》抱え上げ、

「しばらくじっとしておれ」

と命じると自ら乗り越えて先に敷地の外に出た。そして、隈之助を抱え下ろすと再び背におぶった。

「ゆっくりならば歩ける」

「のんびりもできん、ここはおぶされ」

と命じ、両腕を隈之助の臀部《でんぶ》に回して組んだ。

「白昼じゃがわれらまるで盗人《ぬすっと》のようじゃな」

「座光寺先生、迷惑をかける」

「そのようなことはどうでもよい」

「どこへ行くのだ」

「まず江戸町の惣町乙名の家に向かう。明朝、江戸丸が出帆する、それまで長崎目付の目から逃げ果せば、まず最初の難関は乗り越えたことになる」

「その先は」

「椚田太郎次どのの家で手首の傷を完治させることだ。その先のことはゆっくり考えればよかろう」

「長崎の町人の家に世話になってよいのか、迷惑は掛からぬか」

「案ずるな。そなたが考える以上に長崎は奥が深い。長崎奉行所の手が届くのは極々《ごくごく》一部だぞ」

「そんなものか」

隈之助はちょっとだけ安堵《あんど》したような声を上げた。

「手首は痛むか」

「未だずんずんと傷が痛む。それがおかしなことに無くなった手首の先に痛みが走るのだ」

「人間とはおかしなものよのう。隈之助、そなたがなんの道を志そうとも長崎にはわれらが知らぬ未来があるということではないか。無くなった手首がなぜ痛むか、その答えが見付かるやもしれんぞ」

しばらく背から答えがなかった。

「それがし、侍をやめることになるか」

「未練か」

「旗本の子とは申せ、部屋住みだ。先に明かりが点《とも》っていたわけではない」

「ならばよい機会じゃあ、さらりと侍の身分を忘れてみぬか。却《かえ》ってそなたの未来が広がろう」

「うーん」

返事に迷いがあった。

「隈之助、すでにそなたは腰に刀を差しておらぬぞ」

「そうであったな、白衣一枚を身に纏《まと》っているだけだ」

「白は無垢《むく》の色だ。天が生まれ変われと命じておられるのだ」

藤之助らは江戸町に向かって町屋の裏路地を伝い行くと仕事帰りか男衆にすれ違おうとした。奇異の目を向けた男衆が、はっ、という表情を見せた。

「すまぬ。江戸町惣町乙名の太郎次どのの家にはどう参ればよい」

「剣術の先生、太郎次様の家に行くとこね、おいは太郎次様の奉公人たい」

「それは都合がよい。伝習所から一人怪我人を連れ出してきた、内緒だぞ」

「先生も大胆な人たいね、よかよか」

と答えた男が、

「わしが江戸町まで路地伝いに案内ばしまっしょ」

と気軽にも裏道伝いに江戸町の惣町乙名の家の裏口に連れて行ってくれた。

「しばらく待ちなっせ」

と藤之助を待たせた男が表に走り、しばらくすると裏戸が中から開かれた。

「ほうほう、来なさった」

太郎次が若い衆に命じて、藤之助の背から能勢隈之助を抱き下ろした。

「座光寺様は伝習所にお戻りになっていたほうが、万事都合がよろしかろうたい。能勢様の世話、任しなされ。長崎は町医者も昔から南蛮の医学を承知です」

「面倒をかける」

と太郎次に詫《わ》びると、

「能勢、こちらで当分世話になるが自分の家と思え、遠慮は致すでない」

隈之助が二人の若者に支えられて立っていたが、不安げな顔で頷《うなず》いた。

「隈之助、元気を出せ。おお、忘れておったわ、これは長崎名物五三焼きのカステイラと申すものだ。ふところで潰れたが風味には変わりあるまい、そなたの見舞いだ」

と福砂屋の包みを隈之助の残った右手に持たせた。すると、

「座光寺藤之助」

と叫んだ隈之助の瞼《まぶた》が潤んだ。


藤之助が伝習所の剣術道場に戻ると勝麟が一人待っていた。

「勝先生、江戸町に預けて参りました」

「診療所では怪我人が行方を絶ったというので大騒ぎですぞ。三好彦馬医師らは、われらの行動をすべて見通しての上のことです。江戸丸の出帆まで奉行所の目につかぬことが肝心でな」

と勝麟も同じことを考えていた。

「勝麟先生に造作《ぞうさ》をかけました」

「土台手首を失ったくらいで長崎から江戸に追い返そうという奉行と総監の魂胆が間違っておるのです。海軍にもいろいろな職掌《しょくしょう》がござろう、手先が一本無くともできる仕事はいくらもある。これからが勝負という若者の未来を早々簡単に見捨てられてたまるか」

と一度は吐いた怒りを飲み込んだ勝麟が、

「当分、長崎目付が小うるさく付き纏うかもしれませんが、われら、知らぬ存ぜぬで押し通しましょう」

と言うと教場に戻っていった。

藤之助は一仕事した気分でざわつく胸の中を鎮めるために神棚に向かい、床に座禅を組んだ。瞑想して四半刻も時が流れたか。

道場にだれか入ってきた様子があった。

藤之助は静かに目を開いた。すると顔は承知していたが名までは知らぬ長崎目付が夏羽織姿で立っていた。

「座光寺先生、それがし、長崎目付光村作太郎《こうむらさくたろう》と申す。先生とは掛け違ってご挨拶する機会がこれまでなかった」

「ご丁寧な挨拶痛み入ります。それがし、伝習所剣術教授方を拝命した座光寺藤之助にござる、よしなに」

光村が会釈した。

「なんぞ御用かな」

「先生、診療所より射撃訓練で怪我をして治療を受けていた能勢隈之助と申す者が姿を消した」

「これは驚いた、隈之助がな、なんとも大胆なことをしのけたものよ。それで捜しておられるか」

「能勢は明朝出帆の江戸丸で長崎を離れることになっております。幕臣の子弟ならば当然のことながら長崎奉行、海軍長崎伝習所総監の命に従うのが務めにござる」

「いかにもいかにも」

「ご存じないか」

「それがし、最前、能勢を見舞ったがその折にはそんな気配毛筋ほども見せておらなかったがのう」

藤之助がとぼけると、

「あの者の船中記録を読んだが、一人で逃げ出せるタマではござらぬ。たれぞが手助けしておることは確か」

　と光村が睨《にら》んだ。

「それがし、こちらに伺えば行方が分かると思うて参ったのですがな」

「光村どの、見当違いじゃあ」

「本日はそう聞いておきます」

　光村作太郎が藤之助に一旦背を向け、道場の出入り口に向う様子を見せたが、二、三歩歩いてまたくるりと振り返った。

「座光寺先生、大音寺坂で斬殺された死体を見つけたのはそれがしの手先でな、一人目の額の傷は刃の付いた飛び道具を投げ付けられたか、見事に割られ、もう一人は真っ向幹竹《からたけ》割りのあざやかな一撃であったそうな。このような腕前の持ち主は長崎にはそうおらぬ。例えば、伝習所の教授方なればやってのけられよう」

「死体は消えたとどなたからか聞きましたが、そちらの騒ぎもそれがしに疑いがかかっておりますか」

「この騒ぎに先立って中島川の橋上で佐賀藩利賀崎六三郎《りがさきろくさぶろう》、茂在宇介《しげありうすけ》の二人が座光寺先生を襲い、反対に斬り捨てる事件がございましたな」

「降りかかる火の粉にござった」

「それがしも承知しておる。内心快哉《かいさい》を叫んだところでな。だが、それが尾を引いて斬り合いが繰り返されるようになれば長崎目付の職分として黙って見逃すわけには参らぬ」

「お手前の役目柄当然のことでござろう」

しばし光村が沈黙した。そして、
にたり
と笑い、

「それにしても座光寺様が長崎に参られて日もそう経っておりませぬ。老陳《ろうちん》一派、佐賀藩、伝習所といろいろ波風を立てられますな」

「そなた、長崎目付なれば騒ぎの経緯存じておられよう。それがしから望んで争いを企んだことはない」

「そこです、座光寺様には風雲を呼ぶ相をお持ちのようだ」

「迷惑至極」

「長崎奉行所にとって懸案の塵《ちり》掃除を座光寺様にして貰っておるともいえぬこともない」

「それがし、長崎奉行所から感謝の言葉一つ頂いたことはござらぬ」

うわわはっ
と笑い声を残した長崎目付光村作太郎が道場から消えた。

宿舎に戻った藤之助は久しぶりに午睡を取った。どれほど熟睡したのか、

「おい、座光寺先生」

と呼ぶ声に目を覚ました。

「伝習所剣術教授方がわれらの近付いたも知らずそのようにぐっすりと眠り込んでおってよいのか」

栄五郎ら十一人の顔が縁側から並んで覗《のぞ》き込んでいた。

「眠っておっても近付く者が害をなす者かどうかくらい洞察しておる」

と答えた藤之助だが、

(不覚かな、神経を散じておる)

と内心では反省した。

「どうだ、首尾は」

「栄五郎、大声で話すことではない。長崎目付らが鵜の目鷹の目でこちらの動静を窺っておるのだ。そなたら、こちらに集まれ」

稽古着の栄五郎らがのそのそと藤之助の周りに集まってきた。

「能勢隈之助の身柄、さるところに避難させた。明日の江戸丸出港まで見付からなければまずは最初の峠は越える」

「どこに移した」

「そなたらは知らぬほうがよい。この一件には一切関わるな」

「われら同期生だぞ。気に掛けるなとそなたに命じられてもそうかと簡単には引き下がれぬ」

一柳聖次郎が言うと全員が頷いた。

「この数日が山だ。その後、そなたらと再会できよう、そのときは場を作る。それまで辛抱致せ」

「よし、約定《やくじょう》だぞ」

「聖次郎、能勢家の屋敷はどこにある」

「なぜ知りたい」

「お節介は承知だが幕府からいきなり素っ気なき通知がいく前に家族に仔細《しさい》を知らせておきたい」

しばし沈思した聖次郎が、

「御納戸頭《おなんどがしら》の能勢家は神田川昌平橋《しょうへいばし》の西側、雁木坂《がんのきざか》にある。親父どのは浩唯《ひろただ》と申される。おれからもくれぐれも宜《よろ》しくと伝えてくれ」

手紙を書く暇もなく日課に追われる聖次郎がすまなさそうに頼んだ。

「承知した」


夕餉《ゆうげ》前の稽古《けいこ》を終えた藤之助は伝習所のある長崎奉行所西役所の門を出て、大波戸《おおはと》に向かった。すると明朝出船する江戸丸の伝馬が最後の食料、清水などを沖合いに泊まる船へと運ぼうとしていた。

舳先《へさき》に提灯《ちょうちん》が点り、その明かりに虫や蛾が集まり飛んでいた。

水夫《かこ》が三人乗り組んでいた。

「乗せてくれ」

「座光寺様、昨夜は卓袱《しっぽく》料理、馳走になりました」

と水夫の一人が言うと席を作ってくれた。

「なんのことがあろう。出帆の仕度は終わったか」

「この伝馬が最後にございます」

伝馬はすぐに沖を目指した。

「先ほど奉行所の目付が船に乗り込んでいきましたぜ」

「なんぞあったかな」

「乗せる荷が失《う》せたとかどうとか」

「船を捜しても仕方あるまい」

「座光寺様ほど江戸の人間で長崎暮らしを楽しんでおられるお方を存じませんや」

「生来伊那《いな》の田舎者でな、新規なもの珍奇なもの初めてのものには目がないだけだ」

「わっしが見るところ反対だな。座光寺様はこの明かりだ、そこへなぜか雑多な虫が吸い寄せられ、集まってくる」

「提灯の用途は虫を集めることではない、迷惑な話だ」

「と申されながら楽しんでおられます」

伝馬が江戸丸に横付けされ、船縁《ふなべり》から御船手同心《おふなてどうしん》にして主船頭の滝口治平《たきぐちじへい》の、

「座光寺様、福砂屋から荷と文はしかと預りましたぞ」

という声がかかった。

「御用船を飛脚船のように使うて申し訳ないが、今一つ文を運んでくれませんか」

「お安い御用だ」

縄梯子《なわばしご》を上がると治平が、

「昨夜は船に残った水夫までに心遣いを頂き、申し訳ございませんでした」

「その礼は昨夜のうちに済んでおります」

と笑う藤之助に、

「能勢隈之助様が診療所から逃げられたそうな」

「そう聞いた」

「怪我人が一人で伝習所を抜けるわけもございませんがな」

「不思議なことよ」

「私どもは厄介《やっかい》な荷がないほうがなんぼか楽ですがね」

明かりの点った甲板では最後の荷積みが行なわれていた。

「文は未だ用意しておらぬ。こちらで書かせてくれませぬか」

「自由になさいませ。今筆硯《ひっけん》を用意させますでな」

「頼もう」

甲板の一角、明かりの下に藤之助が腰を下ろすと巻紙、筆記用具と一緒に葡萄酒《チンタ》とぎやまんの酒器が運ばれてきた。

「昨夜は船に残った私どもにまでお心遣い頂き有難う存じました。卓袱料理、大変珍味でございました」

と若い炊き方が礼を述べ、ぎやまんの酒器にチンタを注いで仕事に戻った。

藤之助は考えを纏《まと》めるようにチンタを口に含んだ。

隈之助の父、御納戸頭能勢浩唯に宛てて、長崎に到着して以来の長崎海軍伝習所候補生の日常を書き、訓練の中で不運にも銃の事故で隈之助が左手首を失ったこと、命には別状なく元気なこと、本人の希望で長崎に残ることなどを列記し、最後にこのことは朋輩一柳聖次郎も承知であり、くれぐれも宜しくと伝えていたことを付記した。

書き上げた書状の封をしていると滝口がやってきて、

「座光寺様、夕餉はまだのようですね、久しぶりに船の飯を食べませんか」

「頂戴しよう」

藤之助は滝口に書状を差し出した。

「どちらに届けますな」

「宛名が書いてござる」

江戸府内雁木坂御納戸頭能勢浩唯様
と目で読んだ滝口が、
はっ
とした表情を見せ、

「やはり、そうでしたか」

と得心したように頷いた。

三

江戸丸で夕餉を頂戴したあと、伝馬で大波戸へ藤之助は送られた。櫓《ろ》を握った水夫平吉《へいきち》に、

「此度《こたび》の航海は何日を予定しておるな」

と聞いてみた。

若い平吉は先夜華月の卓袱料理の会食には出ることが適《かな》わず、藤之助が用意した土産をもらった一人だ。

「さて江戸丸は風次第の帆船にございますれば風頼みにございますよ。まず順風にて嵐に遭わねば二十数日もあれば江戸に着きましょうかな」

「異国の船は昼夜を違《たが》わず風なしで何百里も航海できるそうだな」

「われら御船手方ももくもくと煙を出して走る船に一日も早く乗り込みたいもので」

と平吉が夢を語ったとき、夜の海にばたばたと帆が風に鳴る音が響いた。

平吉も藤之助も夜の海を透かし見た。

藤之助は玲奈《れいな》の愛用する小帆艇ではないなと接近する船と帆のかたちが違うことを見極めた。舳先が切り上がった、網代帆船《ジャンク》だった。

「座光寺様、唐人船ですぞ」

緊張した平吉が腰に差した小刀の柄に片手をかけた。

幕府御船手頭向井将監《むかいしょうげん》の支配下にある江戸丸の乗組員も幕臣である。江戸と長崎を往復する水夫たちも船上で邪魔にならないように小刀を一本携帯していた。

「平吉どの、早まられるな」

藤之助は警戒しつつも急接近する唐人の網代帆に殺意が漂っていないことを見て取っていた。

「座光寺様」

波を伝って知った声が響いた。唐人屋敷を差配する黄武尊大人《こうぶそんたいじん》の声だ。

「船遊びにございますか、黄大人」

「船遊びには仲間がいたほうが楽しいでな」

と黄大人のしわがれ声が答え、すぐに唐人船が帆の角度を変えて伝馬に併走してきた。

「平吉どの、見送りご苦労にござった。江戸への無事の航海祈っておる」

ひらり
と海を大きな体が飛んで唐人の帆船に藤之助が乗り移った。

「しばしの別れにございます、座光寺様」

と平吉の声が波間から響き、網代帆船は長崎湊の出口に向かって猛進していた。

停泊する三本帆柱のスンビン号のかたわらを横切り、船影が一気に小さくなった。

藤之助は黄大人が紫煙をくゆらす前に座った。

和煙草《たばこ》とは異なる香りが潮の匂いに入り交じり、それが風に吹き流されていった。

黄大人の船には二人の水夫が乗り組んでいた。巧みに網代帆と舵を操り、波の上を快走していく。

長崎境を越えてさらにほぼ南に向かう網代帆船では黄大人が、

「酒はいかがか」と藤之助に聞いていた。

「江戸丸で十分に馳走になりました」

「ならば唐人たちが船で飲む冷茶はどうかな」

「冷茶とは聞きなれぬ言葉にございます」

「船が荒れると火が使えんでな、冷ましても香りが残る茶を素焼きの大甕《おおがめ》に用意しておくのですよ。夏でも腐りはしませぬ」

「頂戴します」

どれもが小ぶりの茶器が用意され、白い湯飲みに供されて出された。盃《さかずき》ほどの大きさの湯飲みから藤之助の知らない香が漂ってきた。

口に含むと爽《さわ》やかな芳香が漂って口に残った料理の残臭を薄め、酔いを醒ました。

「お仲間が怪我をなされたそうですな」

「射撃演習で事故に遭い、左手首を失うことになりました」

「阿蘭陀商館長ドンケル・クルチウスはこの国によかれと商いをなす真摯《しんし》な人物です。わざと粗悪な銃を混ぜたとは考えにくいが間に入る武器商人は阿漕《あこぎ》です、一昔前の武器を平然と高い値で売り付けます」

「それほどひどいか」

「清《しん》国が散々英吉利《イギリス》などの武器商人にやられた手口を申せば枚挙に暇《いとま》がございますまい。この国の参考になろうかと思うで一つだけ話しておきましょうかな」

「ぜひ聞かせて下さい」

「鉄砲大砲火薬だけではなく、早晩軍艦商船の売込みが激しくなります。清国政府が引っかかった手はこうです。契約し、受け渡すまでにしばし日にちがございます。その間に武器商人どもは船に積んであった儀装品、大砲などの装備を一見それと見紛《みまご》う、粗悪な古いものにすっかり取り替えるのでございますよ。何万両も出して購入した新船が数日にして、すっかり別のぼろ船に変じております」

藤之助は呆《あき》れてものが言えなかった。

「それが列強各国の武器商人です、人の恰好をした禿鷹《はげたか》どもです」

「騙《だま》されぬにはどうすればいい」

「最新の武器に精通するしかない」

「一朝一夕ではなりますまい」

伝習所の勉学を見ても何年もかかる遅々たる歩みが学問だった。

「和人は相手を信用し過ぎる、人もよい。よいか、座光寺様、契約が成立し、代価を払った以上、その瞬間から船は買主のものです。即座に相手に退船を命じ、船に警備を付けることです」

藤之助は何度も頷いた。

「怪我人が江戸丸に乗せられておらぬところを見ると長崎に残られますかな」

「長崎で活路を見出したほうがよろしかろうと考えました」

「いかにもさようです」

と答えた黄大人が、

「座光寺様にはすでに長崎町年寄高島《たかしま》様を始め、大勢の知己がおられる。ゆえに一人ふたりが生きていく道を探られるなど難しいことではありますまい。じゃが、手に余られる折はこの老人も一肌脱ぎますぞ」

「その折はお願い申します」

「座光寺藤之助様は少々変わった和人でございますな。幕臣と申されるがまるで幕臣らしくございません」

「黄大人、幕臣らしくないとはまたどういうことですか」

と自らを評された言葉を問い直した。

「江戸から長崎に参られるお侍は長崎奉行を筆頭に短い任期の間にいかに金子を溜め込み、江戸に戻れるか、そのことのみを考えておられます。だが、座光寺様にはその気配が薄いように思える」

「黄大人、それがし、江戸を襲った安政《あんせい》の大地震の折には信濃《しなの》の伊那《いな》谷の領地で木刀を振り回していた田舎者にございます。偶然にも江戸行きを命じられ、さらには旬日を置かずして長崎行きを承りましたゆえ、江戸での幕臣としての奉公が身についておりませぬ」

「それがよかった」

と黄大人が言い切った。

「われらが住む世界の大きさはただ今の江戸からは夢想もできまい。何百年も世間の動きに耳目を閉ざして眠ってきたでな。だが、座光寺様は伊那谷なる地で、江戸も世界も念頭に置かずに剣術修行されたことが幸いした」

「剣術もまた時代に取り残された武術とも思えますが」

「和人の剣に対する考えは独特でな、そなたは剣を通して無限の思想を会得なされたようじゃ。これが大事なところでな、座光寺藤之助の脳裏には身分上下の関係も幕府の枠も超越したところが見ゆる、剣から得た考えがそなたの物差しかもしれぬ。これからのこの国では一人ひとりの考えが大事なのだ」

「よく分かりませぬ」

「座光寺様、長崎の唐人屋敷の主も徳川幕府もある意味では同じ境遇に身を置いた者同士でな、井の中の蛙《かわず》であった。だが、この二つには大きな違いがござる。長崎のわれら唐人らは幕府に強制され、唐人屋敷に押し込まれた。徳川幕府は自らをこの島国に閉じ込め、耳目を塞いで、二百何十年もの時が過ぎた。差はないようである」

黄大人が唐の煙管《きせる》に新たな煙草を詰めた。

「なぜならば、この長崎の唐人屋敷には外界から絶えず新しい物品と情報が入ってきた。一方、江戸幕府は長崎だけに門戸を開いて長崎会所にその貴重な仕事を委ね、大事なものを見逃してきた。それが二百何十年も繰り返されたのですぞ、恐ろしいことと思いませんか」

「…………」

「わが清国が陥った悲劇をこの国が蒙《こうむ》ってはならぬ」

と黄大人が言い切ったとき、網代帆に風が当たる方向が変わり、波が荒くなった。

黄大人の煙管の先が黒々とした断崖を指した。

網代帆船が岬を回った。

藤之助にはもはやどこの海を走っているのか分からなかった。江戸丸で長崎入りしたとき、見たようなうっすらとした記憶と重なったがそれが正しいかどうかも分からなかった。

不意に黒々とした船影が二つ見えてきた。

「老陳の船じゃな」

「いかにも老陳の新造船にございますよ。大きさも長さ六十余間、船倉も船底から五層に分かれておるそうです。カノン砲もこれまで以上に積み込んでおるそうな」

外輪船の大きさには適《かな》わなかったが戸田《へだ》沖で見た老陳の座上船より一回り大きかった。

「もう一隻は和船のように見えます」

「いかにも薩摩《さつま》の船です」

「なにをしておるのですか」

「大砲と鉄砲の買い付けです。どこもが来るべき日に合わせて仕度をしております。ただし万が一の日に老陳から買い求めたあれら大砲が役に立つかどうか、保証の限りではありませんな」

「わが友のように手の中で鉄砲が弾詰まりを起こして爆発するような目に遭うということですか」

「まあ、そんなこともありましょうな」

黄大人は幕府の目を盗み、薩摩ら西国大名が老陳らから買い求める武器が何世代も前に使われていた骨董品であり、粗悪品だといっていた。

「老陳の仕事は積載してきた古武器の密売です。これには長崎会所もわれら長崎の唐人らも関知しておりませぬ。一日も早く対等なかたちの通商条約を締結せぬとかような密貿易が激しさを増してまいります」

そのとき、老陳の新造船の背後から小さな快速警護船が姿を見せた。

二隻の大船を警護している網代帆船だ。

黄大人が二人の水夫に叫び、二人が素早く反応して逃走に転じた。大きさは老陳の快速警護船が大きかったが、船体は船足が出るように細く舳先は尖《とが》っていた。

二艘《そう》の網代帆船は数町の間で追走劇に入った。

黄大人の網代帆船は長崎湊へ逃げ込もうとしていた。だが、快速警護船は一気に間合いを詰めてきた。一町から半町へとさらにその距離が縮まり、快速警護船の唐人らの黒衣の裾がひらひらと靡《なび》くのも確かめられた。手に鉄砲を構えている。

なにかを命じた黄大人の声に切迫した響きがあった。

水夫の一人が鉄砲を取り出した。

その間に快速警護船は黄大人の網代帆船の真横二十間に併走してきた。

最初の銃声が二つの船から響き、快速警護船の撃った銃弾が黄大人の水夫の肩口を射抜いて手にしていた鉄砲を水中に落とさせた。

藤之助は懐に片手を突っ込んだ。

さらに数挺の銃口から火が吹くのが見え、黄大人の網代帆船が波間に沈みこむように方向を転じたせいで、銃弾がぱらぱらと網代帆に穴を開けていった。

網代帆船が波間に浮き上がった。

一旦《いったん》消えていた老陳の快速警護船がすぐ近くに浮き上がって見えた。

再び銃口数挺が十間の間合いから狙っているのが見えた。

藤之助は懐からリボルバーを抜いたとき、すでにレバーを起こしていた。

右手を突き出すと快速警護船の舵《かじ》棒を握る黒衣の男に向かって連射した。一発目の三十二口径の銃弾が黒衣の胸を射抜き、続く一発が舵棒の支点に命中して舵棒の一部を破損した。いきなり蛇行を始めた快速警護船が見る見る後退していき、網代帆船との距離が開いてやがて見えなくなった。

「座光寺様、おまえ様が一年前まで伊那の田舎侍であったとはこの黄大人も信じられませんぞ。いやはや冷や汗やらなにやら掻《か》かされました」

と黄大人が言うと夜空に向かい大笑した。

網代帆船は船足を落として長崎湊へと向かう。

「黄大人の船遊び、ためになることばかりです」

「その言葉は黄武尊が言う言葉、これからも時にお誘い致しましょうかな」

と答えた黄大人が、

「座光寺様、此度老陳は長崎には上陸いたしますまい。明日にも肥前佐賀へと向かうはずです。あちらでも一商い古武器を売り付けます」

「ほう」

「座光寺様と因縁の女ですがな、明朝未明には老陳の船に乗り込むはずです」

「長崎が少しは静かになりますかな」

「さよう。われらも老陳の武装船を気にせず商いが再開できるというものです。座光寺様と女の対決もしばし待たねばなりますまい」

瀬紫《せむらさき》ことおらんとの決着を強く望んでいるのは吉原だった。大地震の夜に八百四十余両の金子をかっさらい、吉原を抜けた恨《うら》みを呑んでいた。だが、おらんは江戸から遠く長崎の地にあった。

「あちらに恨みはございましょうが、それがしは会いたい女ではございません」

女郎時代瀬紫が惚《ほ》れ合った相手、先代座光寺左京為清《さきょうためすが》と吉原を抜けて瀬紫から名をおらんと変えた女の、新たな情夫の廷一渕《ていいちえん》と、二人の男を始末したのは藤之助だ。

藤之助は吉原の頼みで瀬紫を追っていたが、同時に二人の男を殺した経緯からおらんに追われる男でもあった。

「ならばしばらく老陳一味と女の行動を忘れましょうかな」

と黄大人がいったとき、唐人屋敷の荷揚場《にあげば》が見えてきた。

藤之助が伝習所の宿舎に戻ったのは夜半過ぎのことだった。

手拭と洗い晒《ざら》しの浴衣を抱えて井戸端に向かい、裸になった藤之助は水を被《かぶ》り、潮風にべたつく体の汗を流した。さっぱりとした気分で宿舎に戻った。

すると文机に一通の手紙があるのが目に止まった。

巻紙に書かれた文は江戸町惣町乙名の椚田太郎次からだった。

行灯《あんどん》の明かりに近付け、文を披《ひら》いた。

「座光寺様、取り急ぎ用件のみを認《したた》めます。夕刻、長崎目付の光村作太郎様が参られ、伝習所候補生の怪我人が行方を絶ったが知らぬかとの問い合わせにございました。むろん存じませぬとお答え致しますとならばよいとあっさりと引き上げられました。

能勢隈之助様の容態にございますが夜になって熱を発し、私どもの知り合いの医師の診察を受けました。傷口が安定せぬうちに無理をしたのが堪《こた》えたようだと診断され、解熱薬が与えられました。明日には熱は下がっておろうかと思いますが、座光寺様にお知らせ申しておきます。それにしてもこの体で船に乗せるのは無理がございました。

長崎に残るよう策された座光寺様の判断正しかったと申せましょう。明日にもお出で下さい。

今一事、佐賀藩から長崎に潜入なされた利賀崎衆十一人は稲佐《いなさ》村の漁師家を借り受けて潜伏致し、座光寺様の暗殺の機を窺っていることが長崎会所の探索方が突き止めました。十一人は戸町の千人番所ともまた先乗りの者とも連絡を絶ち、独自の行動で座光寺様を斃《たお》す考えと見受けられます。

探索方によれば得物はそれぞれの刀の他、短弓二、短槍二、薙刀《なぎなた》二、強盗《がんどう》提灯などを用意しているとのことにございます。探索方が知る得るかぎり飛び道具は短弓二張りと思われます。とは申せ佐賀藩の死に狂いの曲者は問答無用、言い訳を聞かぬ面々にて努々《ゆめゆめ》油断なきよう老婆心ながら申し添えます。またこの隠れ家に女が密かに出入りしているようですが、ただ今の所身元不詳にございます、一日二日時を貸して下されたくお願い致します。　太郎次」

一難去ってまた一難、藤之助は身辺の多忙さにわれながら呆れ、ざわつく気持ちに眠気が吹っ飛んだ。

寝巻きの恰好《かっこう》で藤源次《とうげんじ》助真《すけざね》と脇差《わきざし》長治《おさはる》の手入れをした。さらに小鉈《こなた》を清め、最後にリボルバーを革鞘から抜くと残弾三発を一旦抜き、古布でこびり付いた硝煙を拭い清めた。

改めて五発の銃弾を装塡したとき、藤之助の心は鎮まっていた。

藤源次助真と脇差を枕元に、小鉈と革鞘に入ったリボルバーを枕の下に入れ、眠りに就いた。

四

夢を見ていた。

座光寺藤之助が巨大な帆船に乗って万里の波濤《はとう》を越え、異国の湊に入る瞬間を夢に見ていた。夢を見ていることを藤之助は承知していた。

(これは夢だぞ)

と自らに言い聞かせつつ、夢を楽しんでいた。

藤之助の頭に髷《まげ》はなく阿蘭陀商館員や伝習所教官らのように細身のズボンに長靴を履《は》き、少しばかりふんわりとした白シャツを着て、手には藤源次助真を杖のように突いて湊の光景を眺《なが》めていた。

湊のあちこちに軍艦や商船が碇《いかり》を下ろして停泊していた。どれもが帆船ではない。

自力で動く蒸気船や外輪船だ。

湊を囲む町には露台付きの家々が軒を連ねていた。

女たちがふわりとした長衣を着て、帽子を被《かぶ》り日傘を差して、藤之助の船の入津《にゅうしん》を見ていた。色とりどりの服を着た女たちは無表情で男が一人として見えなかった。

(女ばかりの国か)

藤之助は湊に停泊する船に視線を戻した。

人影はなかった。だが、煙突から薄く煙を吐いて船が静かに呼吸をしていることを示していた。

「藤之助、おかしかぞ」

座光寺家の家臣都野新也《つのしんや》が藤之助に囁きかけた。藤之助より四歳上の新也は伊那谷に戻っているはずだった。

「うん」

と振り向くと新也の恰好《かっこう》は潮風に打たれた道中袴《ばかま》に羊羹《ようかん》色の小袖で色が褪《あ》せ、裾は解《ほっ》れていた。

一際《ひときわ》大きな軍艦から女の笑い声が響いた。

ぞろりとして派手な模様の打掛けを身に纏《まと》った瀬紫が真っ赤な唇を開いて、笑っていた。

「瀬紫、いや、おらん、逃さぬ」

おらんの頭には遊女時代と同じく鼈甲《べっこう》の櫛《くし》笄《こうがい》、ぴらぴら簪《かんざし》が何本も飾られていた。

おらんが長い銀煙管を突き出して、

「あやつを殺せ」

と叫んだ。するとそれまで無人だった軍艦に人影が走り、急に慌《あわただ》しくなって固定されていた砲身が動いて藤之助が乗る船へと向けられた。

「応撃準備！」

藤之助は鞘に納めたままの藤源次助真を振り翳《かざ》し、命じた。

「座光寺様、わが船には大砲の用意がございませぬ」

「なにっ、大砲がないとな」

「飛び道具は弓矢だけにございますぞ」

呆然とする藤之助らに向けられ、軍艦から一斉砲撃が始まった。

雨あられと砲弾が藤之助の乗る船の周りに着弾して水飛沫《しぶき》を上げ、砲弾の輪が縮まり段々と船へと迫ってきた。

「戦え！」

「得物が、武器がございません。弓の弦《つる》も腐り果てておりますぞ！」

悲痛な声がして、最初の砲弾が藤之助の乗る船の帆柱の幹元に命中し、海中へと吹き飛ばした。それを皮切りに次々に砲弾が集中して舷側《ふなべり》に穴が開き、そこから浸水して船が傾き始めた。

「われら、間に合わなかったか」

「異国に追いつけなかったか」

血塗《ちまみ》れの仲間たちが叫び、空しく斃れていく。

「死んでたまるか」

藤之助は助真の鞘を払った。

「藤之助、船を捨てるのよ。こちらに飛び移りなさい」

どこからともなく声が響いた。

砲弾が着水し、大きな水飛沫を上げる海を小帆艇が藤之助の傾いた船の舷側へと急接近していた。

白い衣装の女は高島玲奈だ。

「おれだけ逃げるわけにはいかぬ」

玲奈の小帆艇は藤之助の仲間を乗り移らせるほど大きくはなかった。

「藤之助、犬死するの、それとも生き抜いて長崎に戻るの」

砲弾が藤之助の船の船倉に命中し、大きな火柱を上げさせた。

その衝撃に藤之助の体は虚空高く吹き飛ばされて、くるくると舞いながら海に投げ出された。海上も水中も藤之助の船の破片が浮かび、渦巻いていた。

藤之助は水中へと引き摺《ず》られていた。

(刀を捨てよ、藤源次助真を手から離せ。さすれば命は助かろう)

と声がどこからともなく聞こえてきた。

(藤源次助真とは一身同体だ)

(ならば座光寺藤之助の命運もそこまで)

なんとか生きる術《すべ》はないか、海面がどちらかもはや判断つかなかった。

死の時か。

「藤之助、水を蹴ってこちらに上がってきなさい」

玲奈の声がした。その方角を振り向くと海水を通して玲奈の白い顔と衣装がゆれていた。

「今、行くぞ」

と胸の中で叫んだとき、再び夢を見ていることを意識した。

藤之助の眠っていた神経が覚醒した。

その瞬間、何者かに包囲されていることに気付いた。

夢か、夢の続きか。

いや、これは夢ではない。

ひたひたと伝習所の教授方宿舎を殺気が囲んでいた。

藤之助は気配を殺して、そっと手を枕の下のリボルバーに差し伸ばし、革鞘から短銃だけを抜いた。もう一方の手を小鉈に差し伸ばし、握った。

だが、枕元の藤源次助真を身に帯びる余裕はなかった。

ふわり
と人の気配が動き、縁側に飛び上がった。

藤之助は四周の人影を探った。およそ十人前後か。

佐賀藩利賀崎衆、死に狂いどもだ。

ひたひたと間合いを詰める殺気が命を捨てた者の凄みを放射させていた。

(来い、来るなら来てみよ)

藤之助の宿舎の部屋は三方が庭に囲まれていた。もう一方は壁を通して江戸丸で一緒に来た伝習所教授補助方の平井利三郎《ひらいりさぶろう》と亀田布嶽《かめだふがく》が眠り込んでいた。

平井らに被害を与えてはならぬ。

藤之助が寝床に上で仰向けのまま考えたことだった。

(参れ、参らねばこちらから行くぞ)

と藤之助が自らに言い聞かせた瞬間、縁側の障子が突き破られ、人影が刀を煌《きらめ》かせて飛び込んできた。

くるり
と身を起こした藤之助が小鉈を投げ打った。

幼い頃から手に馴《な》染《じ》んだ小鉈は狙い違《たが》わず一番目の刺客の顔面に命中し、後方へ吹き飛ばした。

藤之助は片膝を突いた。

横手の障子の向こうで弓箭《きゆうせん》の音が空気を震わし、障子を突き破って短矢が何本か飛来した。

藤之助は矢には構わず、矢を射た相手に向かってリボルバーを発射していた。

げえっ!

と庭から悲鳴が聞こえた。

痛みが走った。

藤之助の立てた太腿《ふともも》に一本の短矢が突き立っていた。だが、それはそのまま殺到する死に狂いの刺客たちに向かって狙いを定め、確実に引き金を引いた。

三番手は短槍を構えて突っ込んできたがその構えのままに三十二口径の銃弾を受けて両足を高々と上げて後方に吹っ飛んだ。

四番手は剣を構えて斬り込んできた。

その腹部に三発目を撃ち込んだ。

五番目、六番目は二人が前後して藤之助の部屋へ飛び込んできた。

片膝を突いたままレバーを引き上げ、引き金を絞った。

全弾を撃ちつくしたが装弾する余裕はない。夜具に投げた。

藤之助は有明行灯《ありあけあんどん》を吹き消すと太腿に刺さった矢をへし折り、抜いた。

血止めをする暇はない。

枕元の藤源次助真を摑むと杖のように突き、立ち上がった。

刺客にしばし沈黙があった。

藤之助は後ろを振り見た。すると廊下に這《は》い蹲《つくば》った平井利三郎が、

「座光寺どの、助勢致す」

と叫んだ。

「気持ちだけ頂こう。伝習所を巻き込みたくはない」

「なんぞ手伝うことはないか」

利三郎が苛立《いらだ》って叫んだ。

藤之助は夜具の上に転がるリボルバーと革鞘を摑《つか》んで利三郎の顔の前に転がし、

「しばらく隠しておいてくれませぬか」

「承知した」

頷き返した藤之助は助真を寝巻きの帯に差し落とし、大きく破れた障子を開けると廊下に出た。

庭に五人の死に狂い刺客団が立っていた。刀は未だ鞘に納まったままだ。一人は薙刀を立てていた。死に装束の白衣に手甲脚絆《てつこうきゃはん》、草鞋《わらじ》履き、白鉢巻《はちまき》をしている者もいた。そして、その背後におらんの姿があった。

長崎会所の探索方が利賀崎衆の隠れ家に女が出入りしているといったが、おらんであったか。

「おらん、此度は佐賀藩利賀崎衆を味方につけたか」

「座光寺藤之助が悶《もだ》え死ぬ光景をこの目で確かめねば、腹の虫が納まらぬ」

「盗人にも理屈があるか」

「抜かせ」

おらんが叫んだのを合図に残った利賀崎衆が静かに抜刀した。すべて無言の裡《うち》に行動した。

「無言実行」

これが葉隠衆《はがくれしゅう》死に狂いの曲者たちの行動原理だ。

「参る」

藤之助の意思表示に頭分《かしらぶん》が、

「打果《うちはた》し可申《もうすべし》」

と短く宣告し、刀を肩に負うように立てた。

利賀崎衆が発したただ一つの言葉だった。

そのとき、伝習生や候補生らがおっとり刀で駆け付けてきた。長崎奉行所の目付光村作太郎の姿もあった。

藤之助が申し渡した。

「この闘争、座光寺藤之助と利賀崎衆の私闘なれば助勢無用にござる、しかと聞き届けられたし」

だれも答えない。

酒井栄五郎が太腿から血を流して血塗れの藤之助に不安の視線を送った。

「藤之助」

栄五郎が胸の中で呟いたとき、藤之助の口から、

「天竜暴れ水」

この言葉が洩れた。

利賀崎衆が一斉に藤之助に殺到した。

藤之助が縁側から虚空に飛び上がり、正面の頭分を迎え撃った。

頭分の刀が飛翔する藤之助の腰を斬りつけようとした。だが、藤之助の刃渡り二尺六寸五分は刺客の想像を絶して迅速を極めていた。

虚空から雪崩《なだ》れるように体ごと落下した助真が振り下ろされる刀を弾き飛ばすと脳天を真っ向幹竹《からたけ》割りに両断した。そして、竦《すく》む相手の体を飛び越えて、その背後に着地していた。だが、弓で射抜かれた右太腿では踏ん張れきれなかった。それを覚《さと》った藤之助は、
ごろり
と横へ転がり、目の前に流れる白衣の足を転がりながら薙《な》ぎ斬っていた。

げえぇっ
と新たな絶叫が響き、血飛沫《しぶき》が振りまかれた。それを全身に浴びた藤之助は左足を軸にして片膝を突いた。

そこへ新たな刺客が殺到してきた。

上段から振り下ろされる刀を助真が擦り合わせるように受け止めた。

上からと下へ力勝負になった。

藤之助の右足は矢傷のせいで力が入らなかった。

上から圧倒的な力で押し潰されそうになった。また残った二人の刺客が背後と横手から踏み込んできたのを感じていた。

「藤之助！」

栄五郎が思わず悲鳴を上げた。

次の瞬間、藤之助の体が押し潰されたかに見えた。

(殺《や》られる)

と闘争を目撃するだれしもが思った。

藤之助は潰されそうになった姿勢から仰向けに背を地面に投げるように倒し、左足に圧し掛かってくる刺客を載せると相手の反動を利して後ろへと投げ飛ばしていた。

ごろごろ
と転がり、間合いを取ると立ち上がった。

その視界に縁側の踏み石に額を激突させて痙攣《けいれん》する死に狂いの利賀崎衆を見た。

「糞っ！」

おらんが罵《のの》り声を上げ、二人対藤之助の最後の戦いが始まった。

藤之助は助真の刃を振って、血ぶりをした。

全身に血潮を浴びた藤之助は阿修羅か鬼神に見えた。

その姿で藤源次助真を虚空へと垂直に立てた。

残る二人の利賀崎衆は仲間の悉《ことごと》くが斃されたにも拘わらず平然として刀を正眼に構えた。

その姿勢で三者が動かなくなった。

荒く弾む藤之助の息が伝習所教授方宿舎の庭に響き、それが段々と平静に移っていった。

だが、矢傷からは激しく動き回ったせいで出血が続いていた。

時が長引けば長引くほど藤之助の体力は失せ、不利は否めない。

刺客の二人もそのことを重々承知していた。動かない、動くときは自らの命を投げ出して座光寺藤之助の命を絶つときと心に決めていた。

藤之助は右足の体温が下がったことを感じた。

その瞬間、

「参る」

と改めて相手に宣告し、敢えて右手の刺客に向かって飛んでいた。

着地。

左足に体重をかけた。しゃがみ込みつつ虚空に差し上げた助真を斬り下ろした。

相手もまた無言の裡に正眼の刀を胸前に引き付け藤之助の左肩口に叩き込んだ。

垂直に立てた助真と弧を描いて振り下ろされる刃が交差することなく相手の脳天と肩にほぼ同時に到達した。

だが、寸毫《すんごう》藤之助の助真の刃が相手の脳天を叩き割り、刀を握る掌の力を弱めた。

藤之助は左肩に弱く食い込む刃を意識しながら、眼前を塞ぐ相手を肩で突き飛ばした。

眼前が開けた。

その視界に最後の利賀崎衆が突っ込んでくるのが見えた。

藤之助は相手がどう刀を振るうか、眼中になくただ助真を突き出した。

重い感触が藤之助の掌を震わせ、藤之助は助真の切っ先が相手の鳩尾《みぞおち》から背を串刺しにしているのを見た。

二人はしばしその姿勢で固まったように動かなかった。

刺客の口の端から血が流れ出し、体が揺らめいたがそれでも踏み止まった。

藤之助は反対に立ち上がりながら、助真を、
ぐいっ
と力を入れて抜いた。

次の瞬間、視界が揺れて、最後の利賀崎衆が後ろ向きに倒れ込んだ。

戦いが終わった。

静寂が伝習所を支配していた。

「座光寺」

「藤之助」

聖次郎と栄五郎が名を呼んだ。

「大事ない、お騒がせ申した」

ゆらり
と藤之助の体が揺れ、おらんの姿を探し求めた。だが、すでに幻のように消えてい

た。

見物の中に混じっていた診療所の外科医三好彦馬が、

「どうれ、そなたの傷を診《み》て進ぜようかな」

と落ち着いた声を発した。

第五章　島崩れ阻止

一

藤之助《とうのすけ》は、診療所の井戸端で水を被《かぶ》り、血飛沫《しぶき》を洗い流しながらざわつく気持ちを鎮めた。

刻限はいつも藤之助が起きる八つ半（午前三時）の頃合であろう。

井戸端に立てかけた血塗《ちまみ》れの藤源次助真《とうげんじすけざね》の刃を清めていると、

「刀よりそなたの手当てが先と思うがな」

という三好彦馬《みよしひこま》の声がして、見習い医師に洗い晒《ざら》しの寝巻きをかけられ、診療所に連れて行かれ、天井から吊るされた吊行灯《つりあんどん》の明かりの下の診療台に載せられた。ようやく怪我人を前にした三好が、

「この御仁《ごじん》少しくらい血抜きをしたほうが尋常の人間に近付くやもしれませんな」

と治療の開始を宣告し、宿舎から付き従っていた酒井栄五郎《さかいえいごろう》や一柳聖次郎《ひとつやなぎせいじろう》らを診療室の外に出した。

「こちらで大丈夫か」

と三好が自ら納得させるように藤之助に言い、薬品棚からぎやまんの瓶《びん》に入った琥《こ》珀《はく》色の液体と小さなぎやまんの器を持ってきた。

「これはぶらんでーと呼ぶ南蛮酒でな、葡萄酒を蒸留させて醸造された酒精だ。香りがよいし、おぬしの麻酔薬代わりにちょうどよかろう」

と器に七分目に注いだ酒精《ブランデー》を藤之助の手に握らせた。藤之助の高ぶる気持ちを鎮めようと考えてのことだ。

藤之助が器を口に近付けるとつよい香りが鼻腔をくすぐり、

「この酒、ゆったりと香りと風味を楽しむ上酒じゃそうな。だが、此度《こたび》はそなたの麻酔薬である、一息に飲め」

と三好外科医が命じた。

藤之助は香りの立つ酒精を命じられたままに一息に飲んだ。口の中で酒精が弾けるように広がり、香りを味わう暇もなく喉から胃の腑《ふ》へと熱いものが落ちた。すると全

身が、
かあっ
と燃え上がり、次の瞬間、反対に水を被っても上気していた藤之助の興奮が、
すうっ
と鎮まるのが分かった。
「岡村、この座光寺藤之助どのは少々乱暴な治療をしても驚くことはない。まず矢傷の消毒から始めよ」
と命じた。
三好は藤之助の治療を見習い医師岡村千学《おかむらせんがく》らに経験させるようで自らは別の器《グラス》に酒精《ブランデー》を半分ほど注ぎ、それを嘗《な》め嘗め岡村らの治療を見守り、時に注意を与えるつもりのようだ。
藤之助の太腿《ふともも》の矢傷は貫通していた。
「ちと痛みが走るぞ」
と三好が告げ、見習い医師たちに忠告した。
「いいか、遠慮しいしいの治療は却《かえ》って怪我人を苦しめる。外科医は大胆であれ、かつ繊細であれ、いつも教えているとおりにやれ。傷口を思いきり広げて傷の中まで消

毒致せ、矢先に雑菌が付着しておったやも知れぬでな、丁寧に洗え」

「はっ」

と岡村が答え、岡村よりさらに若い見習い医師が藤之助の背に回って藤之助の体を押さえようとした。

「亀吉《かめきち》、座光寺様には要らざることよ」

矢傷が入った傷口に奇妙な手術道具の先が突っ込まれ、強引に広げられた。

うっ
と思わず呻《うめ》き声を洩《も》らしそうになり、ぐっと我慢した。

酒精に麻痺《まひ》していたはずの藤之助の頭に激痛が走った。だが、体は動かさなかった。奥歯だけを食い縛り、頰《ほお》は緩めて笑みを浮かべた。

新たな血が流れ出したが三好の的確な注意に岡村らは応えて消毒を終えた。

治療は矢の出口に移り、同じ痛みが走った。だが、最初の激痛の以後は呻き声一つ洩らさなかった。同じように消毒が行なわれ、出血した。

「先生、縫合しますか」

「出血がなくなれば縫い合わせずともよい」

矢傷には軟膏が塗られ、包帯がぐるぐると巻かれた。

続いて肩の斬り傷の治療に移った。

器を片手に立ち上がった三好彦馬が肩口の傷を仔細《しさい》に調べ、

「推測したとおり骨に達しておらぬ。尋常な人間なればこの袈裟《けさ》がけに深々と斬り下げられ、致命傷になったところであろう。一瞬早く座光寺先生の攻撃が届いたので、相手の腕から力が一気に抜けた。消毒致し、こちらは縫い合わせておけ」

と命じた。

「畏《かしこ》まりました」

岡村千学ら三人の見習い医師が大汗を掻《か》きながら治療を進める。

「長崎に参った頃、元禄《げんろく》年間の頃に起こった大音寺坂《だいおんじざか》の騒ぎを秘密めかして聞かされた。話してくれたのは長崎会所の通詞《つうじ》であったかな。長崎町年寄高木《たかぎ》家と佐賀藩の死に狂い衆の闘争とその始末を昔話のように思うて聞いたが、なんと安政の御世に繰り返されたわ。死に狂いが十数人決死の覚悟で伝習所に打ち返しに押し込み、一人の剣術教授方を暗殺せんとした。その無謀にも驚かされたが、座光寺《ざこうじ》藤之助先生、死に憑《つ》かれた者たちを悉《ことごと》く一人で屠《ほふ》りおった。そなたの所業、呆れて言葉もないぞ」

そう言った三好は藤之助が握り締める空の器に新たな酒精を注いだ。

「今頃は長崎奉行所も佐賀藩千人番所も蜂の巣を突《つつ》いたように大騒ぎしていよう。始末次第では川村奉行と永井総監は腹の一つも掻《か》っ捌《さば》くことになるでな」

「川村様や永井様にそのような迷惑をかけることになりますか」

「ことの次第ではそうなる。だが、お二人ともなかなかの策略家、佐賀藩が陥った苦境に比べればなんのことがあろう。幕府の支配する海軍伝習所に押し入ったのは佐賀藩方である、非は明らかであるからな」

騒ぎの推移次第では藤之助にも当然責めの追及がされるやもしれなかった。騒ぎの発端や今晩の打ち返しは別にして、藤之助が一番探《さぐ》られたくないのはリボルバーの所持と使用だった。なんとしても秘密裡に処理しなければ高島玲奈《たかしまれいな》に波及するかもしれなかった。このことを藤之助は一番恐れた。

治療が終わった。

「造作をかけた」

と直接治療に当たった若い見習い医師に礼を述べた。

額に汗を掻いた岡村が笑みを返して治療道具の後始末にかかった。

その場に三好と藤之助の二人だけになった。

「座光寺先生、私を始め何人もが銃声を聞いておる。それに佐賀藩の者には明らかに銃創を受けた者が混じっておった」

と囁《ささや》くと藤之助の顔を覗《のぞ》き込んだ。

伝習所付きの医師三好彦馬は藤之助が倒した相手の怪我の具合と生死を確かめていた。

「だれが鉄砲などを発射し、どこにその飛び道具があるか。座光寺どの、長崎目付は当然関心を持ちましょうな」

三好は言外に短銃の始末はつけたかと聞いていた。

「三好先生、それがし、応戦に夢中で銃声を聞いておりませぬ。どなたかそれがしに助勢をなされた方がおられたのでしょうか」

藤之助の反問に三好彦馬が、

「交代寄合伊那《いな》衆の頭領、なかなかの肝っ玉にございますな。その主張は終始一貫なされよ、ぶれてはならぬ。それが長崎で異国の医学を学んだ三好彦馬の忠言にござる。最もそなたには不要かも知れぬがな」

三好がにたりと笑い、藤之助が会釈を返した。

その直後、どうっと治療室に押し入ってきた者たちがいた。

長崎目付光村作太郎《こうむらさくたろう》、その後から伝習所総監永井尚志《ながいなおゆき》と長崎奉行の川村修就《かわむらながたか》三人が険しい顔で姿を見せた。

「お医師、座光寺どのの持ち物、衣服はどこにござるな」

いきなり問いを発したのは光村だ。

「目付どの、血塗れの衣服は井戸端に脱ぎ捨ててござろう。座光寺先生の差し料は、ほれ、そこに」

と治療室の隅を指した。

藤之助は井戸端で水を被ったとき、藤源次《とうげんじ》助真《すけざね》も水をかけてざっと血を洗い流して、治療室へと持ち込んでいたのだ。佐賀藩の残党の襲撃を考えて助真は手近に置いておきたかったからだ。

光村が濡れた助真に歩み寄り、鞘を摑《つか》むともう一方の手で抜き放って刃を立てた。その場にいる全員が助真の刀身を見た。血を洗い流された刃に数ヵ所刃毀《はこぼ》れが見えた。

「死に狂い全員を斃してこの程度の刃毀れか」

永井が呻くようにいった。

光村が三好に念を押す。

「三好先生、座光寺様にはこの他に持ち物はござらぬか」

「そなたも騒ぎの場から治療室に私が当人を連れて参った様子、見ておられたであろう。この座光寺どのの一挙手一投足に大勢の目が光っておった。寝巻きに刀の他は座光寺様の身一つにございますぞ、目付どの」

と応えた三好が、

「そなた、なにを知りたいのじゃな」

と聞き返した。

ふうっ
と光村が息を吐《つ》いた。

「あの大騒動の最中、銃声を聞いた者が何人もある。実際に刺客の数人は銃弾に仕留められておる」

「それで」

「それでもなにも伝習所内でだれが銃を放ったか、佐賀藩利賀崎《りがさき》衆の打ち返し以上に一大事にござる」

「私は結構早く現場にはせ参じた者だが、銃声を聞いた記憶はない」

じろり
と光村が三好を見た。

「先生、騒ぎが終わった後、斃《たお》された襲撃者を確かめておられたな」

「生きておる者があらば治療するのがわれらの務めでな。だが、だれもが絶命しておった」

「その中に銃創を負った者が何人も混じっていたはず」

「目付どの、あの大混乱の中で矢傷か銃創か槍傷か見分けられる者がいたら、私に教えてほしいものです」

光村の視線が藤之助に移った。

長崎目付の尋問を長崎奉行と伝習所総監が息を凝《こ》らして聞き入っていた。この調べ次第では二人の責任に及ぶことにもなるからだ。

「座光寺様、西洋短筒をどこへ隠されました」

「長崎目付どの、異な事を尋ねられるかな。それがし、幕命を受けて長崎に赴任し、伝習所剣術教授方を仰せ付かった者、伊那谷の実家に伝来した、ほれ、その一剣にわが身のすべてを託しておりますゆえ西洋短筒など持ち合わせておりません」

「しかと」

「念には及びませぬ」

治療室の扉がふいに開けられ、長崎目付の手先が顔を覗かせた。

「光村様、教授方部屋の内外を洗い浚《ざら》い探しましたが短筒はございません」

「ないか」

と光村が答えると藤之助が、

「入られよ」

と出口のところから顔だけを覗かせる手先に命じた。

多勢に無勢の戦いに勝ち抜いて生き残った藤之助の眼光に射抜かれて、手先がおずおずと診療室に入ってきた。

「そなた、だれの部屋の捜索をしたと申されましたな」

「そなた様の」

「わが部屋をだれの許しあって、探索なされたと申されるか」

「長崎目付の権限にござる」

と光村が答えた瞬間、包帯を巻かれた藤之助が診療台から下りて、すっくと立った。

「長崎目付光村作太郎どの、それがし、直参《じきさん》旗本交代寄合伊那衆座光寺藤之助為清《ためすが》、此度の長崎逗留は老中首座堀田正睦《ほったまさよし》様直々の命にござる。また長崎に参り、伝習所剣術教授方を拝命したはここにおられる長崎奉行川村対馬守《つしまのかみ》修就様および長崎海軍伝習所総監永井玄蕃頭《げんばのかみ》尚志様の直々であった。今宵、打ち返しを受けたは、この座光寺藤之助である。このことは明白極まりなし。それがしになんの咎《とが》あって、目付方の捜索を受けるか。また、その探索、お奉行と総監の許しを得てのことかどうか、この場ではっきりと返答なされよ」

怪我人とは思えぬ大喝に診療所が震えた。

光村作太郎の顔が真っ青に変わった。

「座光寺様、お奉行と総監の許しを得てはおりませぬ。なれど伝習所内で鉄砲が発射されたのを目付の職分として見逃し出来ませぬ」

「御用熱心は感心かな、光村どの。だが、ものには順序がござろう。探索の相手は襲われた側ではござるまい。佐賀藩に所縁《ゆかり》の者が幕府直轄の伝習所の敷地に侵入し、剣術教授方を理不尽に襲いし事実曲げがたい。となれば真っ先にそなた方が走られるのは戸町の千人番所ではござらぬか」

「おお、いかにもさようかな。光村、戸町番所に出向き、総取締方小此木多左衛門《おこのぎたざえもん》どのを長崎奉行所まで即座に同道して参れ」

と川村修就が命じ、

「はっ」

と畏《かしこ》まった光村が手先を伴い、診療室を出ていった。

「座光寺、そなた、ほんとうに短筒の音を聞いておらぬか」

「総監、それがしを襲った者は何人にございましたか」

「斃《たお》れておるのは十一人か十二人」

「それだけの刺客が殺到したのでございます。それがし、身を守ることに精一杯でどこぞのどなたかが助勢なされたことに全く気付いておりませんでした。座光寺藤之助、未だ修行が足りませぬ」

ふうっ
と永井尚志が溜息《ためいき》を吐《つ》くと、

「奉行、佐賀藩との応接の方針、お立てになっておられますか。また数刻後には江戸丸が長崎を出ますが幕府への第一報どうなされますか」

と聞いて、川村が、

「頭が痛いことよ」

と藤之助を睨《にら》むと、二人一緒に診療室を出ていった。

三好彦馬が酒精《ブランデー》の瓶をぶら下げて藤之助に歩み寄った。

「そなた、お若い割には腹芸もお持ちじゃな」

「愛想をつかされましたか、三好先生」

「いきなり数を恃《たの》んで暗殺に走る過激の者の行動よりよかろうかとは思う」

三好が新たに酒精《ブランデー》を注ごうとした。

「それがし、怪我人にござれば気付け薬は二杯で十分にございます」

と答えた藤之助は、

「三好先生、朝稽古《げいこ》の刻限にござれば道場に参る」

「そなたは……」

絶句した三好が、

「止めても聞くような御仁ではござらぬ、好きになされよ。ただし、立ち合い稽古はなりませぬ」

と釘を差した。


伝習所剣術道場では騒ぎにも拘わらず伝習生と候補生が集まり、稽古を始めていた。

藤源次助真《とうげんじすけざね》を杖に稽古着に着替えた藤之助が道場に入っていくと稽古をしていた人々が一斉《いっせい》に動きを止めて、藤之助を呆然と見た。

「朝稽古に遅れて申し訳ございませぬ。ちと事情がござってな、遅刻致した」

「藤之助、ちと事情もなにも伝習所じゅうが承知のことだ。なんで診療所にて寝ておらぬ」

栄五郎が飛んできた。

「薬臭いところは好きではない」

「だれが診療所を好きなものか。だが、そなた、矢傷を負い、肩に一撃も受けて手術を受けた身だぞ。三好先生は止めなかったか」

「止めても致し方なき御仁ゆえ好きにせよと」

「それだけか」

「打ち合い稽古はならぬと申された」

「呆れた」

藤之助の周りに稽古を止めた伝習生や候補生が集まってきた。

勝麟《かつりん》が一同を代表して、

「座光寺先生、見所《けんじょ》に腰を下ろしてわれらの稽古を見守るということで手を打って下さらぬか」

「勝麟先生にさような心遣いを致させ申し訳ございませぬ。ならばそれがし本日は失礼して皆様の稽古を座して見物させて頂きます」

藤之助が見所に腰を下ろして勝麟や栄五郎がなんとか安心し、稽古を再開した。

矢傷はずきずきと痛んだ。熱が出てきたか、稽古する伝習生の姿がぼうっとしてきた。それでも藤之助は道場に座り続けた。

二

「藤之助」

遥かに遠いところからだれかが呼んでいた。藤之助はそれに応じて声のした方へ振り向こうとしたが体が動かなかった。

おかしいではないか。そんな馬鹿な、と理屈も分かっていた。だが、動かない。金縛りにあったというのではない。全身から力が抜けて行動を起こすこと事態が億劫《おっくう》だった。

これで、座光寺藤之助も終わりか、人とはこのように簡単に生き死にするものか。身動きつかない体で考えていた。

そのとき、天空から清らかな声が響いてきた。隠れきりしたんが唱えるオラショの声と歌だ。

やはりおれは死んだぞ。

「しっかりして、藤之助」

女の声がした。そう遠くではなかった。

玲奈の声だぞ、と考え、藤之助の無意識の中の意識が途絶えた。

そのあとのことはどう考えても思い出せない。長い長い時が流れたような、そんな気がした。いや、時の感覚も感じられないままにふわりふわりと中空を浮遊しているような、なんとも不思議な感じだった。

蟬時雨《せみしぐれ》が耳に入った。

短い夏を必死で生きようとする蟬らの合唱であった。

「座光寺藤之助、目を覚ましなさい」

頰《ほお》べたを何度も叩《たた》かれた。

はっきりとした玲奈の声が耳元でした。芳香が藤之助の鼻腔に広がり、眠っていた意識を覚醒させた。わずかに体に残っていた力を臍下《せいか》丹田《たんでん》に集中させようとした。だが、最後の力が入らなかった。

頰を強く張られ、ようやく両眼を見開いた。

「よかったわ」

玲奈の顔があった。

「どうしたのだ」

「鬼の霍乱《かくらん》よ」

「なんだ、鬼の霍乱とは」

そう問い返しながら目玉を動かし、辺りを見回した。まず天井が視界に入った。高い格天井には四季の花々が描かれていた。どこかで見かけた光景だった。壁の模様が目に入った。次に窓から差し込む光が藤之助の目を射て、風に戦《そよ》ぐ白い布《カーテン》が映じた。

「どこにおるのだ」

「パライソよ」

「パライソとはなんだ」

「天国のことよ」

「なんとのう、天国におるのか。待て、これは違うぞ。玲奈、起こしてくれぬか」

玲奈に助けられ、上体を起こした。

窓の向こうに長崎湊《みなと》の光景が広がっていた。唐人船が帆を休め、スンビン号の煙突が見えた。庭には芙蓉《ふよう》の花が咲き揃《そろ》い、檳榔樹《びんろうじゅ》と蘇鉄《そてつ》の葉が風に揺れていた。

視線を部屋に戻すと箪笥《たんす》の上に藤源次助真《とうげんじすけざね》が置かれてあるのが見えた。

「そなたの離れ家か」

「矢先になにか毒が塗られていたのよ。三好彦馬先生が消毒仕切れなかった毒が傷口を膿《う》ませ、高熱を発したと申されていたわ」

「待ってくれ。おれは診療所から道場に行ったぞ」

「そこで倒れたの」

「なんと不覚な」

「私に知らせが入ったとき、藤之助は診療所に酒井様方の手で運ばれ、治療を受けていたわ。無理をするからこういうことになるの」

玲奈がそういうと、

「一時は死ぬかと思ったわ」

玲奈の瞼《まぶた》が潤み、藤之助の体を抱いた。

肩の傷に痛みが走った。

(生きておる)

薄い洋服を通して玲奈の肌の温もりと鼓動を感じた。頬が藤之助の顔に押し付けられ、ざらざらとした感触が走った。無精髭《ぶしょうひげ》が伸びていた。

「玲奈、おれは何日眠り込んでおったのだ」

「三日二晩よ」

「なんとのう」

「座光寺藤之助も人の子だったということよ」

「喉が渇いた、水をくれぬか」

玲奈が藤之助の元から離れ、ぎやまんの器に入った水を運んでくると口元に寄せた。

藤之助は喉を鳴らして飲んだ。

「もう一杯所望しよう」

空の器を藤之助の手に残した玲奈はぎやまんの壺を運んできた。二杯目が満たされた。藤之助は三杯飲んでようやく喝きが消えた。

ふうっ
「厠《かわや》に行かせてくれ」

玲奈に助けられ、寝台を下りた。頭がふらふらとしたが歩けなくもない。肩は動かそうと思えば動いた。

「そろそろと歩くのよ」

広い廊下に出た。その一角に厠の扉があった。

扉を開くとなんとそこは大きな化粧台が壁際に設置され、丸い楕円の鏡が嵌《は》め込まれていた。洗面台には紫色の花が飾られてあった。たっぷり六畳はありそうな化粧室で、玲奈がもう一つの扉を指して、

「あの扉の奥が厠よ。私はここで待っているわ」

と教えた。

藤之助は見たこともない便器に跨《また》がり、たっぷりと小便をして落ち着いた。

「生き返ったぞ」

独り言を呟いた藤之助は玲奈の待つ化粧室に戻ると玲奈が水壺から化粧台に水を張り、

「寝巻を脱ぎなさい」

と命じた。化粧台の上に何枚もの洋手拭《てぬぐい》と着替えがあった。

「なぜここにおるのだ」

「三好先生の許しを得てうちに連れてきたのよ。伝習所の部屋があれでは寝てもいられないでしょ、ここならば十分に介護も出来るわ」

「なにも覚えておらぬ」

「藤之助、佐賀藩は大騒動よ、佐賀《さが》城下と長崎を早馬やら早船が往来して、江戸にも使いが出されたわ」

「玲奈、なにが起こったか承知しておるのだな」

玲奈の両手が藤之助の頬に当てられ、

「座光寺藤之助、大した男たい」

と長崎弁で言うと唇を藤之助のそれに押し当てた。

藤之助の頭がくらくらとして甘美な感触が全身に広がった。

「玲奈、そなたが呉《く》れたリボルバーがおれの命を救ったのだ。助かったぞ、玲奈」

玲奈の唇が離れたとき、藤之助は礼を言った。

玲奈が微笑むと濡れた洋手拭で汗に塗《まみ》れた藤之助の顔から体を丁寧に清めてくれた。

「さっぱり致した」

下帯から寝巻きまで着替えて気分が一新した。

部屋の寝台に腰を下ろすと玲奈が言った。

「長崎目付の光村様がうちにも問い合わせにきたわ。西洋短筒を藤之助に渡さなかったかって。そんな問いにだれが答えると思う。光村様は長崎目付では切れ者と評判だけど甘いわね」

「甘いか」

頷《うなず》いた玲奈の顔に憂《うれ》いか不安か、そんな表情に曇った。

「どうした」

「あなたが眠り込んでいる間に今一人訪問者があった」

藤之助は玲奈の言い回しが気になった。

「だれであろうか」

「小人目付《こびとめつけ》よ」

「宮内桐蔵《くないとうぞう》が高島家に参ったとな」

「長崎町年寄高島家の玄関先でどうしても座光寺藤之助の顔を確かめたいと執拗《しつよう》に頑張るものだから、面会させざるを得なかったわ」

「いつのことだ」

「あなたがここに移された夜のことよ」

「この部屋に通したか」

「最初は母屋の座敷に寝かされていたの。光村様も宮内も母屋の座敷、そのあと、こちらに移したの」

「あやつ、なにを調べに来たのだ」

「ただあなたの顔を飽きることなく見詰め続け、なにも言わずに戻っていった」

「あやつに用心して用心が足りぬということはない」

玲奈が頷き、藤之助は話題を変えた。

「道場は大丈夫であろうか」

「藤之助、勝麟様たちがいるのよ。変わりなく稽古が行われているわ。勝麟様や酒井様方は道場を案ずる要はない、しっかりと養生せよと私に伝えられたの。勝麟様はあなたが完全に体調を回復して復帰するのを待っているとも申された」

長崎奉行川村修就は騒ぎの朝、江戸に向かって出立《しゆつたつ》した江戸丸へ、伝習所の侵入と剣術教授方座光寺藤之助への打ち返し（報復）の経緯《いきさつ》と結果を幕閣に報告し、佐賀藩と座光寺藤之助双方への処分方を願っていた。

ただ川村は座光寺が西洋短筒で応戦したとは触れていなかった。

ともあれ、幕閣の談議次第では双方に、あるいは片方に厳しい処断が下されることも考えられた。

高島玲奈が藤之助を看護のために高島家に引き取りたいと三好彦馬医師に願ったとき、三好は当然のことながら川村と海軍伝習所総監永井尚志に問い合わせた。

川村と永井は熟慮の末、伝習所内から移ることを許した。

江戸からの通知次第では藤之助への処断が下される可能性が残されていた、その際、勝麟ら伝習生や酒井栄五郎らが藤之助に味方して騒がぬよう、伝習所内から高島家に隔離しておくほうが始末に便利と考えてのことだった。

「なんぞ食べたい」

藤之助の注文に玲奈が用意したのは藤之助が見たこともない水菓子（果物）ばかりだった。

「阿蘭陀商館長のクルチウス様が阿蘭陀医師を差し向けられ、藤之助の傷口を消毒治療をして、診察もしていかれたわ。その結果、高熱を下げる薬をあなたは飲まされたのよ」

「覚えておらぬ」

「そのお陰で熱が急速に下がった。その折、このマンゴーと洋梨を届けられたの。二つとも口当たりがいいわ」

玲奈は銀の匙《さじ》でマンゴーを藤之助の口に運んでくれた。

「美味《うま》い、なんとも言われぬ香りかな。力が蘇ってきたようだ」

藤之助はマンゴーと洋梨を堪能した。

「玲奈、世話をかけたな」

「助けたり助けられたり、それが私たちの仲よ。礼なんていらない」

と玲奈が答えたとき、部屋の戸口がこつこつと叩かれた。

玲奈が何事か答え、大きな包を抱えて戻ってきた。

「福砂屋様から見舞いが届けられたそうよ」

と風呂敷包みを差し出す玲奈が首を傾げた。

「いくら大箱入りのカステイラにしても重過ぎる」

藤之助が受け取り、玲奈の顔を見た。

「確かに福砂屋からであろうか」

「福砂屋の小僧さんが使いだというから福砂屋に間違いないと思うけど」

藤之助は包みを解いた。木箱に焼印が、

「長崎名物五三焼きカステイラ」

とあった。

蓋を開けると中身は香ばしくも甘い香が漂った。藤之助は二本並んだカステイラを取り出すと下に紙包みが入っていた。その包みを触ったとき、藤之助が、にっこりと微笑んだ。

「なんなの」

「戻って参った」

紙包みを開くまでもなくスミス・アンド・ウエッソン社製の試作品リボルバーだった。包みを開くと革鞘に入った三十二口径輪胴式連発短筒が姿を見せた。

騒ぎの最中、銃弾を撃ち尽くしたリボルバーを平井利三郎に託していたのだ。平井は藤之助に直に渡すと長崎目付らの目が光っていると考え、福砂屋のカステイラを利用して一工夫したのだった。

「藤之助、掃除をしておくわ」

玲奈がリボルバーを藤之助の手から受け取った。

「玲奈、今一つ頼みがある。それがしの差し料、刃毀れしておる。研ぎに出しておいてくれぬか」

玲奈が箪笥の上にリボルバーを置くと代わりに助真を運んできた。

うーむ

死に狂いら十数人との戦いに疵付《きずつ》き、刃毀れしていた刀は柄巻も鞘も下緒《さげお》も綺麗に整えられていた。

(玲奈が手入れをしてくれたか)

藤之助は受け取った助真の鯉口を切り、

(これは素人の手入れではないぞ)

と気付かされた。

研師や柄巻師ら刀工の手にかかって手入れが終わっていた。

鞘を払った。

刃は研師の手で見事な修復がなされていた。

座光寺家伝来の藤源次助真は長崎の軽やかな光を映して、青白い輝きを取り戻していた。

「玲奈、造作をかけた。おれが眠り込んでいる間に手入れがされていたとは信じられないことだ」

「高島家の手にかかれば簡単なことよ。命の次に大事なものでしょ」

「助真を手にすると気持ちが落ち着く」

「しばらく眠りなさい。夕餉《ゆうげ》にはお粥《かゆ》を用意させるわ」

「飯でも構わぬ」

「高熱で体力が弱り、胃の腑《ふ》も萎《しぼ》んでいるわ。無理をしないの」

藤之助は寝台のかたわらに助真を立てかけ、横になった。

玲奈が軽く口付けして部屋を出ていき、藤之助は再び眠りに就いた。だが、もはや夢を見ることはなかった。

どれほど時刻が経過したか。

次に目を覚ましたとき、長崎湊は茜色《あかね》の空に変わっていた。その空を蜻蛉《とんぼ》が無数飛んでいるのが見えた。

廊下に足音がした。

ゆっくりとした歩き方は玲奈ではなかった。

扉が開かれ、三角巾で左手を吊った能勢隈之助《のせくまのすけ》が立っていた。

「おおっ、能勢どの、元気になられたか」

藤之助は半身を起こし、寝台に腰かけた。

「座光寺先生、死にかけたそうじゃな。此度はそれがしが見舞いに参った」

能勢の顔に笑いがあった。どうやら片手を失った衝撃から立ち直った様子が見えた。

「死にかけたかどうか、えらい目に遭わされた」

「えらい目に遭わされたのは佐賀藩であろう。長崎は伝習所打ち返しで大騒ぎだぞ」

「そなた、町中を歩いて大丈夫か」

「太郎次どのが駕籠《かご》に乗せてこちらまで運んでくれたのだ。惣町乙名《そうまちおとな》もあとで顔を見せられる」

「能勢どの、座れ」

と寝台のかたわらを指した。

「手の具合はどうだ」

「傷はもうよいそうな。あとはそれがしが残った片手とどう折り合いを付けるかどうかだ」

「その口調なれば大事なかろう。早や新たな地平に向かって歩き出しておられる」

「そうおぬしが申すほど簡単でもない」

と苦笑いに変えた能勢が、

「打ち返し騒ぎでそれがしの伝習所からの脱走は忘れられたそうな、こいつは悪くない話だ」

太郎次が部屋に入ってきた。

「おおっ、その分なれば大事ございませぬな」

「太郎次どの、心配をかけた」

「座光寺様の剣名、長崎じゅうに広まり、床屋に行こうと湯屋に行こうと阿蘭陀商館でさえ、一人で十数人を斃した勲《いさお》しに沸き立っておりますよ」

と笑った。

「私のほうの探索方の目を掻い潜りあのような迅速かつ大胆な行動に利賀崎衆が出ようとはこちらも考えもしませんでした、手抜かりをお詫《わ》びします」

と謝った太郎次が、

「もっともどのような手を使おうと座光寺藤之助様には無益なことにございましたな。十数人の死に狂いの打ち返しも哀れ無駄死となりました」

「どう奉行所は決着付けられるつもりかのう」

「川村様と佐賀藩千人番所総取締方小此木多左衛門様の間にはどうやら内々に済ますことで了解が付いた模様にございます。ただ、幕府と佐賀がどう申してくるか、最後の懸念は残りましたな」

江戸の意向が藤之助の運命を決することに変わりはなかった。

「こちらは俎板《まないた》の鯉、待つしかござらぬ」

「座光寺先生、最後はそれがしと同じく伝習所を抜ける道が残っておるぞ」

と能勢隈之助が言い放って笑った。

(能勢はどうやら危機を脱したようだ、あとはこちらか)

と藤之助は能勢に頷き、

「そのときはご指導を仰ごうか」

と言ったものだ。

三

藤之助は高島家の大工が作ってくれた松葉杖に縋《すが》り、波の音を聞きながら高島家の船かがりと荷揚場《にあげば》の扉が左右に開かれるのを見ていた。すると長崎湊の暗い海が潮風と一緒に見えた。

ここは梅《うめ》ヶ崎町《さきまち》の海岸縁に立つ高島家の蔵屋敷だ。蔵屋敷から海に直接出入りできるような設計になっていた。船着場は幅十五間奥行三十間もあって周りは石垣、奥に石段の荷揚場が設けられていた。沖合いの唐人船から大型の荷船に積みかえられ、水門を通って自由に出入りが出来た。嵐の日、水門を閉ざせば荒波は船かがりまで達することはなかった。

海への水門の幅は六間ほどあった。

櫓《ろ》の音がして濃緑色に塗られた小帆艇レイナ号が出入口に向かって動き出した。櫓を漕ぐのは玲奈だ。玲奈の細身の小帆艇の長さはおよそ四間余、船腹は一番膨らんだ中央で四尺ほどだ。

レイナ号の特徴は和式の短い櫓であった。狭い船かがりの中でも自由に方向が転じられるように櫓で操船できるようになっていた。

「行くわよ」

玲奈愛用のレイナ号が水門に差し掛かった。

玲奈は潮が引くのを見計らい櫓に力を入れて巧みに海に出していく。藤之助も松葉杖で石垣を突いて力を添えた。

帆柱には帆は張られてない。

岸から離れた小帆艇は沖合い二町ばかり進んだところで一旦《いったん》停止した。

「藤之助、櫓をお願い」

「天竜《てんりゅう》育ちだ、任せておけ」

藤之助は艫《とも》にいくと玲奈から櫓を受け取った。

右足に矢傷を受けて七日が過ぎていた。幸いなことに高熱を発した割には化膿もせず順調に回復していた。肩の傷も動かさなければ痛みはない。

櫓をゆっくりと動かしながら舳先《へさき》を波に向かって立てその姿勢を保った。右足に軽く痛みが走り、突っ張る感じがした。だが、耐えられないほどではない。反対に体が動かせることに喜びを感じる藤之助だった。

沖に向かって小帆艇レイナ号の舳先を立てている間に玲奈が船に設けられたいくつかの滑車と麻綱を利用して巻かれていた帆を手際よく帆柱に上げながら広げていった。

「この小船、よう出来ておる」

「数年前、阿蘭陀船が来たとき、船大工が私のために造ってくれたものよ。すべて一人で操作が出来るの。玲奈の船だからレイナ号よ」

「女の力でこれだけの帆船を自在に操られるとは驚きだな」

「異国では女の人も自在に動く帆を操り、上手に風を拾いながら海に出るそうよ。帆を張る前の推進力は櫓にしてもらったの、その方が女の私でも楽だと思ったの。だから、このレイナ号は異国と日本の技を取り入れた小帆艇《ヨット》なの」

高さ七間ほどの帆柱から三角帆が張られた。

「櫓を上げて」

玲奈の命に櫓を上げて船底に仕舞った。

玲奈が艫に来て舵《かじ》棒を握り、片手で綱を操作して帆の向きを変え、風を孕《はら》ませた。

するとレイナ号が疾走を始めた。

「傷は痛まない」

「心配ご無用、もう大丈夫だ」

藤之助は玲奈の傍らに座した。

高島家で意識を回復した藤之助はさらに三日間ほど静養した。そろそろ体を動かそうかと考えている矢先、高島家から玲奈の姿が忽然《こつぜん》と消えた。

玲奈の神出鬼没の行動ぶりには高島家の家族も奉公人も慣れていて平然としたものだ。

一昼夜姿を消していた玲奈が夜半に藤之助の下に戻ってきた。

「藤之助、長崎奉行所の小者の壮吉《そうきち》が小人目付宮内桐蔵に捕縛されたわ」

「壮吉はそなたらが奉行所に入れた密偵か」

「そう考えてもらってもいいわ。長崎奉行所も長崎会所双方も互いに信頼しているわけではないの」

「そこでどちらも密偵を忍び込ませているのか」

「それは互いに承知のこと」

「敢えて波風を立てることもあるまい。なぜ壮吉は捕縛された」

玲奈が答えに窮した。

「そうか、壮吉はそなたの仲間、隠れきりしたんか」

玲奈が闇で顔を縦に振った。

「二日前、宮内の手に落ちた壮吉は拷問を受けて転んだわ」

玲奈の口調には諦《あきら》めと哀しみが籠《こも》っていた。

「これまでも多くの隠れきりしたんやそうでない人が捕縛され、拷問を受けて転んだり、ありもしないことを自白した。その度《たび》に悲劇が起こった」

「壮吉が喋るとそなたら信徒たちの家や教会が摘発されることになるのか」

「そのことを心配しているの」

「壮吉はどれほど秘密を承知している」

「中野郷《なかのごう》の出の壮吉の家は代々のきりしたんよ。だけど弾圧が厳しくなって信徒たち同士は出来るだけ危険が及ばないように付き合いを禁じられているわ。岩屋の教堂でも互いが話し合うことはない」

「だが、岩屋の教堂は承知じゃな」

「そのことを洩らすと長崎の隠れきりしたんは壊滅するわ」

「壮吉がすでに自白したと思うか」

「目付屋敷の拷問蔵で板踏み絵を踏んだ壮吉の号泣が響き渡ったのは二刻も前のことよ。岩屋の教堂のことを話す機会があったかどうか、藤之助、動ける」

「ちと動きは悪かろうがもはや心配ない」

「手助けして」

藤之助が頷くと寝巻きを脱ぎ捨てた。

レイナ号は湊区境、神崎《こうざき》と女神《めがみ》の間を抜けて南に走っていく。月光だけが頼りの帆走だ。

「宮内桐蔵も壮吉も未だ長崎におるのだな」

「目付屋敷に一刻半前まではいたことが確かめられている」

「壮吉が岩屋の教堂の場所を喋ったとせよ、いつ宮内は教堂の手入れに入ると思うか」

「明日にも岩屋の教堂で善《よ》か盆のミサがあるの。宮内が隠れきりしたんを一網打尽にするとしたら、その機会は見逃さないと思う」

「およそ一日ある。集まりを中止に出来ぬか」

「藤之助、信仰の仕来《しきた》りはそう簡単に変えられるものではないの。信徒たちは善か盆のミサを休むことはないわ」

「隠れきりしたん狩りの宮内に捕まり、拷問を受けるのだぞ」

「それも覚悟の上できりしたん信仰は何百年と続いてきたの」

「そなたも黙って宮内に捕縛されるつもりか」

玲奈が顔を横に振った。

「私は理不尽な弾圧と戦うわ。母たちを守り抜いてみせる。藤之助、助けて」

「それがしとそなた、助けたり助けられたりの仲ではなかったか」

玲奈の顔がふいに藤之助の顔に寄せられ、唇が押し付けられた。しばらく二人は互いの存在を確かめ合うように唇を絡み合わせていた。

藤之助は玲奈の体を離すと、

「玲奈、そなたに阻止の計画があるなら話せ」

「宮内桐蔵は五人の隠密を江戸から別行動させ、長崎に潜入させていたの。その二人は藤之助が家野郷《よのごう》の帰りに打ち斃した」

「となると残るは宮内を入れて四人か」

「いえ、長崎奉行所支配下の目付役所が帯同するわ」

「光村作太郎らだな、何人の手勢か」

「これまで目付役所が動かし得た人数は同心以下手先まで入れて二十人ほどよ。此度も加わるとしたらこの数ね」

「千人番所が動くことはないか」

「千人番所が隠れきりしたんの取り締まりに動いた例はないわ。それに死に狂いどもの伝習所打ち込みで長崎奉行所と千人番所は共同で動ける関係にないわ、藤之助のおかげよ」

「となると捕り方は総勢二十五、六人と見ればよいのだな」

玲奈が頷いた。

「長崎目付の得物はどうだ」

「宮内桐蔵一行は知らないけど目付役所のゲーベル銃の持ち出しが長崎奉行に申請されたわ。二十挺の銃を持参するのは間違いない」

「こちらの勢力はどれほどか」

「漁師銛《もり》や鍬《すき》を持った若者が四、五人かな。それと藤之助と私」

「大した軍勢だ」

「藤之助、ごめんね。林蔵《りんぞう》らはデウスを信じるきりしたん信徒、戦いには加われないわ」

「奴らを阻止する戦闘員はおれと玲奈か」

レイナ号は野母崎《のもざき》に向かって夜の海を航行していたが、

「その代わり、あなたに見せたいものがあるわ」

と玲奈が舳先《へさき》を転じた。

四半刻後、行く手に峨々《がが》たる断崖が聳《そび》える小さな孤島が月光に浮かんできた。小帆艇は切り立った崖を回り、小さな入江へと入っていった。すると浜に数人の男たちが松明《たいまつ》をかかげて待ち受けていた。

「藤之助、長崎目付の捕り方の中には仲間も混じっているわ。彼らは私たちを捕縛するより信徒たちを逃す道を選ぶはずよ」

「ちと楽観に過ぎぬか」

「その目で長崎町人の結束を確かめなさい」

レイナ号が縮帆された。船足が急に緩み、玲奈が浜に向かって舫《もや》い綱を投げた。海に下半身をつけた若い衆が綱を受け取り、浜の岩に結んだ。

浜から渡り板が延ばされ、藤之助が藤源次助真を杖代わりに浜に渡った。続いて革製の細長い道具入れを肩にした玲奈が従ってきた。

「林蔵、座光寺様の松葉杖を船から取ってきて」

玲奈に命じられ、小柄な若者が渡し板を機敏に使って松葉杖を持ってくると藤之助に差し出した。

「すまぬな」

藤之助は松葉杖を右脇下に入れて杖代わりにしていた助真を腰に戻した。

「藤之助、この島はだれも住んでないし、隣島まで何里も離れているわ」

というと革の道具入れからこれまで見たこともない鉄砲を出した。

二つ水平に並んだ銃口が異様に大きかった。

「これは異国で大熊や野牛狩りのために開発された散弾銃というものよ」

「さんだん銃とはなんだ」

玲奈が革の用具入れの隠しから弾丸を取り出した。紙の筒の底には金属性の蓋のようなものが嵌《は》め込まれていた。

「種子島《たねがしま》鉄砲も異国の鉄砲も一発ずつ銃弾を撃ち出すわね。これは紙筒の中に小さな鉄の円球が何十も何百も詰まっているの。雷管の底を撃芯が叩《たた》くとこの何十何百の鉄弾が飛び出して散る。だから、一発で狙うより大きく広がった散弾の方が命中率は高い」

「ほう、異国ではいろいろな工夫がなされておるな」

「鳥撃ち用の小さな散弾から大熊や虎を倒す大きな粒の散弾まで種類が多い。これは鉄球が一番大きな熊狩り用の散弾銃よ。藤之助、試してみる」

藤之助の体がどれほど回復したか、試すように玲奈は銃を二つに折ると銃身の底部の穴に一発だけ装弾し、銃身を戻し、藤之助に差し出した。

「撃鉄を引いて引き金を絞るだけよ、他の鉄砲と変わりはない」

藤之助は散弾銃を受け取ると浜に流れ着いた難破船の残骸があるのを見て、近付いた。

「藤之助、散弾銃の反動は強いわ。銃床をぴたりと肩に密着させるのよ。緩いと反動で肩の骨が砕けるわよ、いいこと」

藤之助はまず右脇下の松葉杖を砂地にしっかりと固定させ、それを支えに左手で散弾銃の下部を保持した。手を伸ばしたせいで左肩の傷が突っ張り、痛みが走った。だが、大した痛みではなかった。

玲奈の忠告を聞いて銃床を右肩にぴたりと固着させた。

撃鉄を起こし、照星を難破船に向けて狙った。

玲奈らが藤之助から離れた。

「怪我のせいで体の平衡が悪いわ、静かに引き金を引くのよ」

玲奈の注意を聞いた藤之助はしばし瞑目し、気分を落ち着けた。

目を開いた。

引き金を絞り落とした。

これまで聞いたこともない銃声が響いた途端、肩に痛打を喰らい、藤之助の体が後ろ向きに砂浜に転がされていた。銃は離さなかった。だが、松葉杖は吹き飛んでいた。

右肩が痺《しび》れて、その後、痛みが走った。

玲奈の笑い声が響いた。

「藤之助、この銃は何百貫もある大熊や野牛を一発で仕留める威力を秘めているのよ。反動もすごいと注意したでしょ」

糞っ！

罵《のの》り声を上げた藤之助は散弾銃を手によろよろと立ち上がった。

「二発装弾していると今のように転倒したとき、思わず引き金を引いて暴発を起こし、近くにいる人に怪我を負わせることがしばしば起こるの」

藤之助は玲奈が一発だけしか装弾しなかった理由を知らされた。

「さすがの座光寺藤之助も大熊撃ちの散弾銃は手にあまる」

「間違いは二度繰り返さぬ」

そういう藤之助に林蔵が松葉杖を差し出した。

「林蔵どの、松葉杖に頼り、間違いを犯した。此度はなしで試そう」

林蔵がなにかを言いかけ、玲奈が、

「好きにさせなさい」

と命じた。

「玲奈、散弾を二発呉《く》れ」

藤之助は玲奈から受け取った散弾二発を中折れ銃の銃身を折って装弾した。

かちり
と音が響くまで銃身を元に戻した。

矢傷を受けた右足を砂浜にしっかりと固定させ、半身《はんみ》に銃を構えて狙いをつけた。

腹に力を込めて息を止めた。

引き金を絞り落とした。

閃光が目を射て、銃声が響き、衝撃が右肩を襲った。だが、銃口はぶれることなく散弾は発射され、狙った難波船の横腹に径二尺ほどに散って無数の穴を開けた。

一呼吸、二発目を発射した。

散弾は一発目とほぼ同じ箇所に着弾した。

肩への衝撃を吸収する術を二発の試射で藤之助は飲み込んでいた。

ぱちぱちぱち
と玲奈の拍手が響いた。

「さすがに藤之助、あっさりと大熊撃ちの散弾銃のこつを摑《つか》んだわね」

藤之助は新たに装弾すると今度は間合いを広げて難破船を射撃した。すると間合いが広がる分、散弾が拡散することが分かった。当然間合いが広がれば散弾の威力も減じられる理屈だ。

最後に藤之助は難波船から三尺ほどの至近距離から散弾銃をぶっ放した。すると船縁に五寸ほどの径の穴がぽっかりと開いた。

「驚き入った力かな。これなれば大熊も一溜《ひとた》まりもあるまい。玲奈、この化け物銃をどう使うつもりか」

玲奈は難破船の大小の穴を指した。

「見て、これだけの穴が開くのよ」

腐りかけた船縁とはいえ数発の散弾で難破船は大破していた。

「長崎目付の捕り方を傷つける気はないわ。船底近くにこの散弾銃を打ち込めばどうなると思う」

「船に水が入り、船足がまず落ちる。そのうちゆっくりと浸水致すな」

「岩屋の教堂に近付いてくれなければいいの」

玲奈が考えていることが分かった。

長崎からの道中の海で目付役所の捕り方の船を止めようというのだ。

「玲奈、相手もゲーベル銃を携帯してくるというではないか。あちらは一町離れていても射撃ができる。こちらの散弾銃は相手の船に接近せねば効果をあらわすまい。接近する道中、レイナ号ではすぐにこちらの正体もばれよう、また蜂の巣にされかねぬ」

「だから、こちらの正体が分からぬようにいかに御用船へ隠密裡に接近できるか、林蔵たちと知恵を絞るのよ」

「怪我人を酷使する気か、玲奈」

「あなたなら耐えられるわ」

「無人島と申したな。われら、長崎目付の者たちに分からぬための変装の道具もないぞ」

「そうかしら」

玲奈が入り江の一角を指した。岩場に紛れて一艘《そう》の船がひっそりと泊まっていた。林蔵らを乗せてきた船だ。

「改装するのにかけられる日にちは一昼夜だけよ」

玲奈の声が無人島の浜に響いた。

四

弦月が夜の海を淡く青く照らしていた。

長崎湊を出入り口の神崎《こうざき》ノ鼻《はな》近くの、切り立った断崖の岩屋の教堂に隠れきりしたんを乗せた小舟が薄闇に紛れて一艘また一艘と吸い込まれていく。

善か盆のミサのためだ。

藤之助らは唐人の網代帆船《ジャンク》のように改装された漁師船を沖合いに浮かべ、断崖の割れ目へと出入りする信徒らの動きを見張っていた。

林蔵らが乗ってきた漁師船は左右の船縁に銃弾《たま》防ぎの板が張られ、板と板のわずかな隙間から左右に二挺ずつ櫂《かい》が突き出され、艫には本来の櫓があった。

黒く汚された船体の中央の帆柱に低く網代帆が上げられるように工夫されて、夜の海ではどこの国の船か区別がつかなかった。

藤之助は網代帆の下にどっかと腰を下ろしていた。腰に脇差《わきざし》を手挟《たばさ》み、藤源次助真と散弾銃と松葉杖は低い帆柱の下に立てかけられるように工夫された用具立てに納まっていた。

隠れきりしたん狩りの宮内桐蔵と長崎目付の光村作太郎ら捕り方に抵抗する武器だ。これらに懐《ふところ》に飲んだ小鉈《こなた》と脇の下に吊ったリボルバーが加わった。

だが、戦闘員は藤之助がただ一人だった。

玲奈は宮内桐蔵の密偵らに玲奈が長崎にいることを思わせる派手な行動を展開していた。洋装に鍔広《つばひろ》帽子を被り、飾り布をひらめかした玲奈が愛馬で市中を散策している姿があちらこちらで見かけられた。

藤之助と玲奈が話し合った陽動作戦だ。

素焼きの壺を抱えた藤之助は水を飲んだ。

月の位置から四つ半（午後十一時）は大きく回ったと思われる。

深夜の善か盆のミサが始まる刻限だ。

「座光寺様」

と艫の櫓を担当する林蔵が藤之助の名を呼んだ。長崎湊の口から松明《たいまつ》を点《とも》した二艘の船が漕ぎ寄せてくる。

「目付役所の御用船にございます」

「仕度はよいか」

五人の若い衆から返事が返ってきて黒布で顔が覆われた。目玉のところだけが刳り貫かれた布である。

藤之助も布を被り、後頭部できっちりと結んだ。

松葉杖を右の脇の下に入れると狭い船を伝い、舳先に向かった。

まだ海上一里の間合いがあった。

御用船は松明を点しての航行だ、見落とすことはない。

「林蔵どの、沖合いから接近致そう」

「承知しました」

静かに波を掻いていた櫂と櫓の力が入った。五挺櫓の早船と変じて船足を上げた。

一旦《いったん》沖合いに向かった網代帆は大きく回転して再び波間に隠れて御用船に接近していった。

波に乗り、さらに船足が速くなった。

藤之助は帆柱の下に戻ると畳まれていた網代帆を上げた。

帆が風にばたばたと鳴った。

一気に御用船へ早船が接近していく。

四人は座したまま両手で櫂を漕いでいた。林蔵だけが中腰の姿勢で櫓を操ってい
た。

波に乗った早船の網代帆が鳴り、その音が海上を伝って御用船へと届いた。

「沖合いから不審船接近！」

と御用船の船頭が警戒の声を張り上げた。

「網代帆じゃぞ、唐人船か」

「老陳《ろうちん》一味か」

「老陳の船は長崎から消えたという話ではないか」

早船の様子を窺いながら交す船頭と目付の問答が風に乗って藤之助の耳に聞こえて
きた。

「ゲーベル銃、装弾せよ！」

がちゃがちゃと銃を操作する音が伝わったとき、御用船に藤之助の網代帆船は間合
い二町と接近していた。

「ゲーベル銃、撃鉄を起こせ！」

「構え！」

矢継ぎ早に命令が下り、二艘の御用船からそれぞれ十挺近くの銃口が向けられた。

網代帆船は御用船の横腹に向かって矢のように接近していた。

藤之助は松葉杖を捨てると大熊撃ちに用いられる散弾銃を手にした。

「発射！」

の声が届いて、銃声が一斉にした。

銃口から閃光《せんこう》が上がった。

藤之助らの乗る網代帆船は波にがぶられながらも船体を激しく上下させて猛然と御用船に突進していた。そのせいでゲーベル銃から発射された銃弾の多くが波間や虚空に飛び消え、二十挺から発射された三、四発が網代帆船の銃弾防ぎの板に当たった。

勢《はず》みで網代帆船の舳先が回った。

一艘の御用船と併走するために五人の若い衆が櫂と櫓の呼吸を合わせて見事に操船し、転進させた。

網代帆船は御用船の後尾から再び船足を上げた。

藤之助はすでに装弾していた散弾銃の撃鉄を起こしたが、未だ銃を銃弾防ぎの中に隠していた。

「不審船が後ろに回ったぞ！」

目付会所の船頭の狼狽《ろうばい》する声がした。

「うろたえるな。相手の人数は数人じゃぞ！」

と叱咤《しった》する目付の声が響いて、再び、

「ゲーベル銃、構え。此度は接近しておるぞ、狙いは大きい、外すでない！」

網代帆が風に鳴り、御用船の後ろから追走すると間合い八間から十間の距離で並びかけた。

藤之助は船底に両足を踏ん張り、帆柱を背に持たせかけて、散弾銃を構えた。

銃口を御用船の舳先近く、波が被る船底に狙いを定めた。

「船縁《ふなべり》を合わせよ！」

藤之助が櫓を握る林蔵に命じた。

さらに御用船と網代帆船が接近し、互いの船からゲーベル銃と散弾銃が突き出され、互いの顔も見合えた。

まずゲーベル銃十挺が、

「発射！」

命に再び引き金が絞られた。

その瞬間、御用船は波間に引き込まれるように沈み込み、そのせいで銃弾が網代帆を撃ち抜き、藤之助の鬢《びん》を掠《かす》め、銃弾防ぎに何発か命中した。

藤之助の眼前に御用船の船縁と船底が見えた。

引き金を引いた。

轟然たる銃声の後、御用船の船底と船縁に大熊撃ちの散弾が突き抜けて無数の穴を開けた。

衝撃に御用船から悲鳴が上がり、波間に沈んだ。

「大筒を撃ちおったぞ！」

「唐人め、許せぬ！」

そのときには網代帆船はすでに十間前を先行して走っていた。

散弾を撃たれた御用船の船足が見る見る落ちていく。

「林蔵、見事な操船かな」

「座光寺様、なかなかの銃撃にございますな」

と互いを誉め合った網代帆船は再び舳先を巡らした。もう一艘の御用船に狙いを付けてのことだ。

残る一艘は船足を落とした仲間の御用船に併走するように走っていた。

網代帆船は二艘が舳先を向けた前方から接近することになる。

一回目の攻撃が成功したことで林蔵らは自信を得ていた。

擬装の網代帆をばたばたと風に靡《なび》かせ、岸寄りから間合いを詰めていく。

その様子に御用船が動揺の様子を見せた。

「今度は討ち取れ、唐人なんぞに負けてたまるか！」

「相手は大筒を持っておりますぞ！」

「こちらは十挺のゲーベル銃があろう。慌てるでない、狙いをよくつけよ」

藤之助に船底に穴を開けられた御用船から別の悲鳴が上がった。

「水が入ってきたぞ」

「搔い出せ！」

「搔い出せと申されましても道具がございません」

「桶があろう」

「たった一つでございます」

「陣笠を脱いでそれを使え！」

右往左往する御用船を尻目に網代帆船と二艘目の御用船が互いに銃口を突き出し合い、一瞬並びかけた。

先手を取ったのは藤之助だ。

船縁から下を狙って二発目を発射した。

ゲーベル銃を構えていた目付役所の御用船に命中した大熊撃ちの散弾が御用船を大きく沖合い側へと傾かせ、そのせいでゲーベル銃の銃口が突き上がり、夜空に向かって発射された。

二艘目の御用船も船足を止めた。

唐人の網代帆船《ジャンク》に擬装された林蔵らの漁師船は海上で漂う二艘の御用船の周りを大きく周回した。

今や二艘の御用船は陣笠などで浸入する海水を掻き出しながら必死で、舳先を長崎湊に向け直していた。沈没するか湊に無事辿《たど》りつくか、競争になった。もはや隠れきりしたんの捕縛どころではない。

「座光寺様、お見事にございます」

「林蔵どの、気に入らぬ」

「なにがでございますな」

「江戸から参った小人目付宮内桐蔵ら四人の姿が見当たらぬ」

櫂を握っていた若い衆の一人から悲鳴が上がった。

「岩屋の教堂にもはや潜入しているかもしれぬ」

「林蔵どの、急ぎ岩屋を目指してくれ」

「はっ」

藤之助の命に網代帆船が岩屋の教堂がある島を目指した。御用船との戦いの間、網代帆船も岩屋のある断崖から遠く離れていた。

四挺の櫂と一つの櫓が力を合わせ、岩屋目指して猛然と進み始めた。だが、潮の流れが邪魔をして林蔵らを焦らせた。

「慌てるでない。呼吸を合わせ、確実に水を捉えて漕げ」

と命じた藤之助は散弾銃を帆柱の用具立てに戻し、代わりに藤源次助真を摑むと腰に差し戻した。

先祖伝来の剣を腰に戻して藤之助のざわつく心が落ち着いた。

舳先に立つと遠くに岩屋の教堂へと導かれる断崖の割れ目が見えてきた。

林蔵ら五人の若い衆の息遣いが段々と荒くなってくるのが分かった。

藤之助は顔を覆っていた黒布を外した。

海風が顔をなぶり、生き返った気分になった。

「もう少しだ、力を合わせよ」

藤之助は漕ぎ手たちを鼓舞しつつ、岩屋の断崖の出入り口に見慣れた船影が消えていくのを見ていた。

玲奈の操船するレイナ号だ。

(なぜ今頃玲奈は岩屋の教堂に戻ってきたか)

玲奈は長崎にいると宮内桐蔵らに思わせる行動をとっているはずだった。それが愛艇のレイナ号を駆《か》って岩屋の教堂に急行してきた。ということは宮内桐蔵らが転びきりしたんの壮吉に案内されてか、潜入したということではないか。

網代帆船はようやく岩屋の教堂への出入り口、断崖の割れ目へと接近していった。するとと波の音の間から、隠れきりしたんらの歌声が響いてきた。

「おおっ、ありがたや、デウス様」

林蔵の口から信仰する神に感謝する言葉が洩れた。

断崖に打ち付ける波を窺っていた網代帆船の舳先が割れ目に突入した。

網代帆船が揉《も》まれ、銃弾に撃たれた網代帆が風に吹き千切《ちぎ》られて、ばたばたと鳴った。

藤之助は懐から小銃を取り出すと網代帆船の綱を切り、帆を下ろした。これで船は軽くなった。さらに漕ぎ手が操り易《やす》いように銃弾防ぎの板を次々に外していった。

林蔵たちの視界が戻り、力が蘇った。

波が打ちつける岩屋の洞窟はうねうねと続いた。

「この御酒と申すものは、御身デウスのくいきの御酒、のざん、御人の酒なれば、我らがような悪人に、一吸い一吸い御許し下さるように、デウス、パアテル、ヒリオ、スピリト、サントの御名によりてアメン」

突如二発、三発と銃声が響いた。

荘重な声が悲鳴に変わった。

「壮吉どの、転ばれたか」

ドーニァ・マリア・薫子《かおるこ》・デ・ソトの哀しみに満ちた声が響いた。

「お許し下され、薫子様」

壮吉の声に続いて、

「永年追ってきた岩屋の教堂の女主を追い詰めたぞ。もはや岩屋崩れは決まったも同然かな」

宮内桐蔵の勝ち誇った声が響いた。

「林蔵どの、それがしを岩場に降ろしてくれ」

「私どもはどう致しますか」

「それがしを降ろしたら静かに岩屋の教堂の船着場にな、あたかもそれがしが隠れ潜んでいる体で着岸してくれぬか」

「承知しました」

舳先が岩場に接近した。

藤之助は松葉杖を手に抱えて岩場に飛んだ。着地したが右足に力が入らず海中に転がり落ちそうになったが、なんとか岩にしがみついた。

ふうっ
と息を整えた藤之助が松葉杖を頼りに立ち上がった。


岩屋の教堂の祭壇には十字架とサンタ・マリア像が飾られて光が当たっていた。その祭壇の前で小人目付の宮内桐蔵とドーニァ・マリアが対峙《たいじ》していた。そのかたわらには顔を伏せた壮吉がいた。

宮内が別行動させて長崎に潜入させた密偵五人の生き残り、三人はゲーベル銃を構えて、善か盆のミサに集まった隠れきりしたんの男女六十人ほどを威嚇《いかく》していた。

「そなた、長崎町年寄高島了悦の娘じゃそうな」

「父までを苦しめなさると申されますか」

「それが宮内桐蔵の仕事でな」

「哀れなお方よ」

宮内桐蔵が無言の裡《うち》に手を振った。

密偵の一人が狙いを定めて祭壇の十字架を狙い撃った。木製の十字架に銃弾が当たり、木片を散らした。

「おおっ」

という哀しみの声が上がり、信徒たちが罪びとの行為を詫びる言葉が唱えられた。

「滝口久八郎《たきぐちきゅうはちろう》、オヤジを引き出して血祭りに上げよ」

はっ
と密偵の一人がオヤジ様と敬われる隠れきりしたんの指導者に銃口を突きつけた。

再び信徒たちから祈禱《きとう》の声が上がった。

「よく聞け、これからはおまえらがそのような祈禱の文句を唱える度におまえらの神の前で一人またひとりと生贄《いけにえ》に致す」

宮内が非情な言葉を吐き、密偵がゲーベル銃の引き金に指をかけた。

「デウス様、お許し下さい」

ドーニア・マリアの声が洩れて引き金が引かれようとした。

ずどーん！

その瞬間、銃声が岩屋の教堂に反響して木霊《こだま》した。きりきり舞いに倒れたのは銃を構えていた密偵滝口久八郎だ。岩屋の教堂にいた全員が慌てて銃を発射した主を探した。

教堂を見下ろす岩場の上に高島玲奈が西洋で射撃競技に使われる銃身の長い銃を構えて立ち上がった。

「玲奈、そなたは」

「ドーニァ・マリア様とは違う生き方を選んだの。罪咎《つみとが》もない隠れきりしたんを弾圧する小人目付は許せないわ」

「ほう、娘まで姿を見せたとは好都合かな」

残った密偵二人のゲーベル銃が岩場の上に立つ玲奈に向けられた。

玲奈も構えた。

だが、二対一だ。

「玲奈、これ以上罪を犯してはなりませぬ」

ドーニァ・マリアが、母が娘に命じた。

「娘を殺せ！」

宮内桐蔵の言葉が岩屋の教堂に響き、銃声が響いた。

「玲奈！」

母の口から娘の名を呼ぶ声がした。

だが、倒れたのは二人の密偵だった。

母の命を受け入れたか、玲奈は引き金に指をかけていなかった。

再びその場の人間の目が撃ち手を捜した。

玲奈が立つ岩場とは離れた岩の上に松葉杖を突いて、リボルバーを構える座光寺藤之助が立っていた。

「座光寺め」

「藤之助、現れると思ったわ」

宮内の憎しみと玲奈の喜びの声が交差した。

藤之助の銃口がゆっくりと江戸から長崎に出張《でば》ってきた隠れきりしたん狩りの宮内桐蔵の胸へと移動し、
ぴたり
と狙いをつけた。

その瞬間、悄然《しょうぜん》と傍らに従っていた壮吉の腕を摑むと、

「座光寺、この恨み、必ず百倍にして返そうぞ！」

と叫び声を残して、岩屋の教堂の奥へと逃げ込んだ。

藤之助も走った。

玲奈も岩場から飛び降りて、宮内と壮吉を追った。

自然が穿《うが》った迷路から断崖の頂きへ追走劇が繰り広げられた。

宮内桐蔵と壮吉は長崎から乗ってきた船を泊めた入江を見下ろす断崖まで戻りついた。崖道を駆け下れば、船に飛び込める。長崎に戻り、長崎奉行所を総動員しても高島母子や岩屋の隠れきりしたん衆、さらには座光寺藤之助を捕縛する、その一念だった。

「壮吉、なにをしておる、急げ」

と崖道を前に突然足を止めた転びきりしたんに命じた。

「玲奈様」

壮吉の口からこの名が零《こぼ》れた。

宮内が視線を上げた。すると入江への崖道を塞ぐように岩場に玲奈が射撃用の銃を構えて立っていた。

「宮内桐蔵、逃げられないわ」

宮内が脇差を抜くと壮吉の首筋に当て、

「撃ってみよ、そなたの仲間を突き殺す」

と脅迫した。

「玲奈様」

壮吉が悲鳴を上げた。

そのとき、松葉杖の音が響いた。

「宮内桐蔵、挟《はさ》み撃ちだ」

宮内が振り向くと座光寺藤之助が松葉杖を突いて後ろから迫っていた。

「どうするな」

藤之助の問いに、

「少しばかり伝習所剣術教授方を甘く見たようだ」

と言い放つと壮吉の首筋に当てていた脇差を外し、鞘に戻した。そして、藤之助に向き直った。

「信濃《しなの》一傳流《いちでんりゅう》を倒せばおれの活路も開かれよう」

「剣を交えるというか」

「いかにも」

「承知した」

藤之助の返答に、

「藤之助、相手の誘いに乗っては駄目よ。あなたはまだ右足も肩も自由に動かないのよ」

玲奈が悲鳴を上げた。

「玲奈、致し方あるまい。これが剣に生きる者の弱みでな」

藤之助が立つ断崖上の岩場は平らに十畳ほどの広さがあった。

宮内桐蔵が岩場に身軽に飛び上がると剣を抜き、足場を固めて、八双に構えた。

藤之助は右の脇下の松葉杖に身を預けるように立っていたが、藤源次助真の柄を右手一本で抜きやすい位置へと変えた。

間合いは一間とない。

踏み込めば死地に互いが入り込むが、松葉杖に縋る藤之助は先をとれなかった。

ふふふうっ
という含み笑いが宮内桐蔵の口から洩れて、

「参る」

と宣告した。

八双の剣の切っ先が虚空を、
ちょんちょん
と突き上げ、藤之助の反応を窺っていたが、無言の裡に突進してきた。
「藤之助！」
玲奈が悲鳴を上げた。
八双の剣が雪崩《なだ》れるように藤之助の肩口を袈裟に斬り下ろそうとした。
その直前、松葉杖の先が、
ふわり
と上げられ、突進してくる宮内の胸をぴたりと突いて動きを止めた。
宮内桐蔵の袈裟掛けが寸毫《すんごう》届かず無益にも流れ落ちた。
剣と松葉杖には長さに差があった。
うっ
宮内の両眼が恐怖に見開かれた。
松葉杖が外された。
二人の間合いが詰まった。
その瞬間、藤之助の右手が藤源次助真の柄にかかり、一気に抜き上げ松葉杖を外されてよろめき近付く宮内桐蔵の胴を片手一本斬りに深々と薙《な》ぎ斬った。
げえぇっ
と絶叫した宮内が横倒しに斃れていった。
「藤之助」
玲奈が藤之助に飛びついてきた。
藤之助は片手の剣を背に回して玲奈を抱きとめた。
呆然と戦いの推移を見守っていた壮吉が、
「お許し下され、デウス様！」
と叫んで、断崖から海に向って身を投げた。
藤之助は覚めた目でその光景を見ていた。
岩場の裂け目から波の音と一緒にオラショの声が響いてきた。
岩屋の教堂では、再び善か盆のミサが再開されたのだろう。
玲奈の口から小さな祈りの声が洩れた。
「恩寵《ガラサ》ミチミチ給うマリア
御身に御礼をなし奉《たてまつ》る
御身は女人の中において分けて

御果報いみじきなり
デズスの御母サンタマリア様、
我ら悪人の為に祈り給え
アメンデズス……」
断崖上に風が吹き渡り、東空に朝の光が走った。

解説

末國善己（文芸評論家）

昭和三〇年代まで、娯楽の中心は小説だった。まだテレビも家風呂も普及していなかった頃、人々は銭湯の帰りに貸本屋に立ち寄り、寝るまでの一時を楽しむ本を探した。松本清張『点と線』や仁木悦子『猫は知っていた』などがベストセラーとなり、ようやく推理小説も市民権を得たが、やはり最も人気があったのは時代小説だった。

この時代の娯楽時代小説を支えていたのは、倶楽部雑誌である。「捕物倶楽部」や「面白倶楽部」など、タイトルに「〇〇倶楽部」と付けられることが多かったため倶楽部雑誌と呼ばれた一連の雑誌は、美男剣士が悪人一味を退治するといったエンターテインメント性を重視した作品を掲載したこともあり、やはり全盛だった時代劇映画の原作に選ばれることも多かった。だが娯楽性を前面に押し出した倶楽部雑誌は、〝低俗〟〝通俗〟と批判され、現代では顧《かえり》みられることもなくなった。風巻絃一、江崎俊平、佐竹申伍、颯手達治などの人気作家も、今は知る人も少ないように思える。

だが倶楽部雑誌の伝統は、決して途切れてはいない。お手頃な値段で、読者を楽しませる作品を送り出す精神は、書下ろし時代小説文庫に受け継がれたのである。

かつて倶楽部雑誌が酷評されたように、書下ろし時代小説文庫も、純文学だけでなく、ハードカバーで刊行される時代小説と比べても一段低く見られている。最近はようやく誤解も解けてきたが、ハードカバー＝高尚という認識はいまだに根強い。

日本の時代小説は、歴史上の偉人からビジネスの秘訣を学ぶ実用書として需要されてきた側面もあるので、小説を読むと〝何かが学べる〟などの付加価値やテーマ性が重視されたことは否定できない。そのため〝ただ面白い〟だけの小説は、〝大人の読物〟ではないという偏見にさらされてきた。だが、それは事大主義に過ぎない。

作家が小説を書く以上、そこには伝えたいメッセージがあるはずだ。そのテーマをダイレクトに書くのが〝文学〟であるならば、エンターテインメントはオブラートに包んでいる。それは表現形式の違いであって、作品の価値とは無関係なのである。

しかも娯楽に徹した物語を作るには、高い技術が必要となる。本を手に取っている間《あいだ》は最後まで読者を惹《ひ》き付けておかないと、すぐに飽きられてしまう。（最近は状況が変わってきているが）書下ろしの時代小説文庫は、書評などで取り上げられる機会も少ないので、読者に選ばれることがそのまま作品の評価となる。移り気な読者を魅了し続けるには、続きを読みたいと思わせるサスペンス、魅力あるキャラクター、読みやすい文章など、小説を書くためのあらゆるテクニックが要求されるのだ。

書下ろし時代小説文庫の世界において、「密命」「悪松」「吉原裏同心」「鎌倉河岸捕物控」「長崎絵師通吏辰次郎」「夏目影二郎始末旅」など、いくつものシリーズを手掛ける佐伯泰英は、最も読者に支持されている時代小説作家であろう。この高い人気は、徹底的に読者を楽しませるサービス精神に裏打ちされているのであり、それを実現させる著者の高い技術力がベースになっていることは間違いあるまい。

佐伯泰英は「IN★POCKET」（二〇〇五年一二月号）に掲載されたインタビューで、自分のことを「職人としての物書き」と語っている。文化人が漢詩文を尊んだ江戸時代は、仮名を用いる戯作者は芸術家（雅の文学）ではなく、職人（俗の文学）と見なされていた。江戸の職人文学の流れは、明治の新聞小説を経て倶楽部雑誌に継承される。倶楽部雑誌の香気を現代に伝える書下ろし時代小説文庫は、職人文学の遺伝子を受け継ぐ娯楽小説の王道といえる。佐伯泰英が自らを「職人」と称したのは、読者と共に歩むエンターテインメント作家としての、自信と矜持《きょうじ》のあらわれなのである。

　二〇〇五年七月にスタートした「交代寄合伊那衆異聞《こうたいよりあいいなしゅういぶん》」も、本書『邪宗《じゃしゅう》』で四冊目となる。「交代寄合伊那衆異聞」は多くの人気シリーズを抱える佐伯泰英が手掛ける最も新しいシリーズであり、最も現代に近い幕末、安政《あんせい》年間を舞台にしている。

　座光寺《ざこうじ》家は、直参《じきさん》でありながら参勤交代が義務づけられている交代寄合という特別な旗本で、信州伊那《いな》に領地が与えられていた。安政大地震の報を受けた座光寺家は、江戸屋敷の安否を調べるため信濃《しなの》一傳流《いちでんりゅう》の達人・本宮藤之助《ほんぐうとうのすけ》を派遣する。座光寺家の当主は高家品川《しながわ》家から養子として迎えた左京為清《さきょうためすが》だったが、地震の混乱に乗じて吉原の遊女・瀬《せ》紫《むらさき》と逃亡、その時に座光寺家の家宝「包丁正宗《ほうちょうまさむね》」を持ち出したという。

　シリーズ第一巻『変化《へんげ》』では、座光寺家から左京為清と「包丁正宗」の探索を命じられた藤之助が、その行方を追う過程で座光寺家が徳川家康から与えられた密命の存在を知ることになる。続く『雷鳴』では、左京為清に成り代わり座光寺家の当主となった藤之助が、左京為清を殺された品川家と中国人の秘密結社に潜り込んだ瀬紫が送り込む刺客と戦い、第三巻『風雲』では、長崎伝習所行きを命じられた藤之助が、長崎で葉隠《はがくれ》武士道を信奉する佐賀藩士の利賀崎六三郎《りがさきろくさぶろう》、茂在宇介《しげありうすけ》との対決を迫られる。

　物語が、一八五五年の安政大地震で未曾有《みぞう》の災厄《さいやく》に見舞われた江戸から始まることからも分かる通り、はからずも交代寄合・座光寺家の当主となった主人公の藤之助は、日米和親条約（一八五四年）の締結による鎖国の終焉《しゅうえん》と、開国に端を発する政治的な混乱に巻き込まれていく。数々の英傑を生み出した幕末が舞台だけに、藤之助は北辰一刀流《ほくしんいっとうりゅう》の千葉周作《ちばしゅうさく》、日本に西洋砲術を広めた江川太郎左衛門《えがわたろうざえもん》、長崎伝習所で学ぶ勝麟太郎《かつりんたろう》（海舟《かいしゅう》）や榎本釜次郎《えのもとかまじろう》（武揚《たけあき》）らと出会い、強い影響を受けることになる。こうした歴史的な有名人との邂逅《かいこう》も、シリーズの読みどころとなっている。

だがそれ以上に興味深いのは、ほぼ二五〇年ぶりに異文化に触れた日本人の戸惑いを、今までの剣豪小説とは一線を画する壮絶なアクションを用いて表現しているところである。そのことは、長崎篇の第二部ともいえる本書の冒頭からもうかがえる。

信濃一傳流を学んだ藤之助は、自ら修行して秘義「天竜《てんりゅう》暴れ水」を編み出しただけでなく、流派の正統奥義「正舞四手従舞八手」も伝授されている。二つの必殺技を持つ藤之助は、これまでも腕に覚えのある剣客と立ち合ってきたが、『邪宗』では南蛮の剣士、つまりフェンシングの達人と戦うことになる。強い弾力性のあるサーベルでは、予測もつかない方向からの攻撃が可能となる。幕開け早々、日本の剣術の常識が通じない相手との戦いが描かれるので、息をも付かせぬ展開が連続することになる。『邪宗』での藤之助は、南蛮剣士だけでなく、利賀崎六三郎たちの仇討《あだう》ちに来た佐賀藩士、瀬紫が裏で糸を引いている中国人グループなど、数多くの敵に狙《ねら》われるが、最大の敵は「隠れきりしたん狩りの達人」宮内桐蔵《くないとうぞう》である。前作から登場したヒロイン高島玲奈《たかしまれいな》が隠れきりしたんであることを知った藤之助は、桐蔵率いる捕り方と対峙《たいじ》することを迫られる。その時、藤之助が手にするのが散弾銃なのは興味深い。

西部劇でお馴染《なじ》みのアメリカ西部開拓（西漸運動）時代は、第二次英米戦争（一八一二年）の後から本格化し、フロンティアの消滅宣言が出された一八九〇年に終了する。これは日本の年号でいえば、文化《ぶんか》九年から明治《めいじ》二三年にあたる。カウボーイやガンマンが活躍したのは、まさに幕末から明治維新の動乱期だったのである。つまり散弾銃は、幕末の日本にあっても何の不思議もない武器なのだ。剣と銃が入り乱れる独創的な剣戟《けんげき》シーンは、幕末に着目した著者の慧眼《けいがん》から生み出されたものなのである。

そして藤之助が銃を手にする物語の流れが、シリーズのテーマを浮かび上がらせていることも忘れてはならない。高島玲奈からスミス・アンド・ウエッソンの輪胴式連発短銃《リムファイヤーリボルバー》と散弾銃を与えられた藤之助は、その威力と実用性を目の当たりにし、やがて日本刀が時代遅れになることを実感する。だが藤之助は、決して剣の修行を止めることはない。それは藤之助が、人を殺す技術を身に付けるためではなく、予断や偏見を持たない中立の〝心〟を作るために、剣の修行をしているからにほかならない。

その意味で、藤之助が葉隠武士道に凝《こ》り固まった佐賀藩士と剣を交えるのは象徴的である。武士の一分を立てるためなら死も厭《いと》わない佐賀藩士と、滅びゆく武士道などに命を賭けるのは愚かなことと考える藤之助の対立は、現代まで続く保守派と改革派の対立と重ねられている。歴史や伝統を尊重するのは、もちろん大切だ。しかし伝統に固執するあまり、革新をおろそかにすると組織の硬直化が進んでしまう。藤之助は、剣法という日本の伝統を学ぶことで、新時代といかに向き合うべきかを模索している。その藤之助にヒントを与えてくれるのが、長崎町人のパワーなのも面白い。

長年、異国と交易を続けてきた長崎の町年寄は、時に密貿易に手を染めながら、それを長崎奉行所に黙認させるほどの力を持っていた。鎖国による統制経済に慣れた徳川幕府では、自由貿易の最前線で戦ってきた長崎商人に太刀打ちできない。法律上は武士に押さえ付けられている町人が、実は武士など歯牙《しが》にもかけていないことを知った藤之助は、自分の役目が町人を守ることにあるのではないかと考えるようになる。

現代の日本は、バブル崩壊後の危機を乗り切ったとはいえ、まだ混乱が収まったとはいえない。この時代に、保守と革新のバランスを取りながら自分の生きる道を切り開いている藤之助と町人の活躍を描いたのは、混迷の時代には自主独立の気概を持つことが重要だという、佐伯泰英のメッセージのように思えてならない。

本書は文庫書下ろし作品です。

|著者|佐伯泰英　1942年福岡県生まれ。闘牛カメラマンとして海外で活躍後、国際冒険小説執筆を経て、'99年から時代小説に転向。迫力ある剣戟シーンや人情味ゆたかな庶民性を生かした作品を次々に発表し、平成の時代小説人気を牽引する作家に。文庫書下ろし作品のみで累計1000万部を突破する快挙を成し遂げる。「密命」「居眠り磐音江戸双紙」「吉原裏同心」「夏目影二郎始末旅」「古着屋総兵衛影始末」「鎌倉河岸捕物控」「酔いどれ小籐次留書」など各シリーズがある。講談社文庫では、『変化』『雷鳴』『風雲』に続き、本書が「交代寄合伊那衆異聞」シリーズ第4弾。

邪宗《じゃしゅう》　交代寄合伊那衆異聞《こうたいよりあいいなしゅういぶん》
佐伯泰英《さえきやすひで》

2006年11月15日第1刷発行
2007年3月26日第3刷発行

講談社文庫
定価はカバーに表示してあります

発行者――野間佐和子
発行所――株式会社　講談社
東京都文京区音羽2-12-21　〒112-8001
電話　出版部（03）5395-3510
販売部（03）5395-5817
業務部（03）5395-3615

デザイン―菊地信義
本文データ制作―講談社プリプレス制作部
印刷―――大日本印刷株式会社
製本―――株式会社千曲堂

Printed in Japan

ISBN4-06-275556-4

講談社文庫刊行の辞

二十一世紀の到来を目睫に望みながら、われわれはいま、人類史上かつて例を見ない巨大な転換期をむかえようとしている。

世界も、日本も、激動の予兆に対する期待とおののきを内に蔵して、未知の時代に歩み入ろうとしている。このときにあたり、創業の人野間清治の「ナショナル・エデュケイター」への志を現代に甦らせようと意図して、われわれはここに古今の文芸作品はいうまでもなく、ひろく人文・社会・自然の諸科学から東西の名著を網羅する、新しい綜合文庫の発刊を決意した。

激動の転換期はまた断絶の時代である。われわれは戦後二十五年間の出版文化のありかたへの深い反省をこめて、この断絶の時代にあえて人間的な持続を求めようとする。いたずらに浮薄な商業主義のあだ花を追い求めることなく、長期にわたって良書に生命をあたえようとつとめるところにしか、今後の出版文化の真の繁栄はあり得ないと信じるからである。

同時にわれわれはこの綜合文庫の刊行を通じて、人文・社会・自然の諸科学が、結局人間の学にほかならないことを立証しようと願っている。かつて知識とは、「汝自身を知る」ことにつきていた。現代社会の瑣末な情報の氾濫のなかから、力強い知識の源泉を掘り起し、技術文明のただなかに、生きた人間の姿を復活させること。それこそわれわれの切なる希求である。

われわれは権威に盲従せず、俗流に媚びることなく、渾然一体となって日本の「草の根」をかたちづくる若く新しい世代の人々に、心をこめてこの新しい綜合文庫をおくり届けたい。それは知識の泉であるとともに感受性のふるさとであり、もっとも有機的に組織され、社会に開かれた万人のための大学をめざしている。大方の支援と協力を衷心より切望してやまない。

一九七一年七月

野間省一

佐藤雅美　百助嘘八百物語
佐藤雅美　お白洲無情
佐々木 譲　屈折率
柴門ふみ　笑って子育てあっぷっぷ
柴門ふみ　愛さずにはいられない〈〜ミーハーとしての私〜〉
柴門ふみ　マイリトルNEWS
佐江衆一　神州魔風伝
佐江衆一　江戸は廻灯籠
佐江衆一　50歳からが面白い
佐江衆一　リンゴの唄、僕らの出発
鷺沢 萠　夢を見ずにおやすみ
酒井順子　結婚疲労宴
酒井順子　ホメるが勝ち！
酒井順子　少子
酒井順子　負け犬の遠吠え
佐野洋子　嘘ばっか〈新釈・世界おとぎ話〉
佐野洋子　猫ばっか
佐野洋子　コッコロから
佐川芳枝　寿司屋のかみさんうちあけ話

佐川芳枝　寿司屋のかみさんおいしい話
佐川芳枝　寿司屋のかみさんとっておき話
佐川芳枝　寿司屋のかみさんお客さま控帳
佐川芳枝　寿司屋のかみさん、エッセイストになる
桜木もえ　ばたばたナース秘密の花園
桜木もえ　ばたばたナース美人の花道
桜木もえ　純情ナースの忘れられない話
斎藤貴男　バブルの復讐〈精神の瓦礫〉
佐藤賢一　二人のガスコン(上)(中)(下)
佐藤賢一　ジャンヌ・ダルクまたはロメ
笹生陽子　ぼくらのサイテーの夏
笹生陽子　きのう、火星に行った。
佐伯泰英　変《へん》化《げ》〈交代寄合伊那衆異聞〉
佐伯泰英　雷鳴〈交代寄合伊那衆異聞〉
佐伯泰英　風雲〈交代寄合伊那衆異聞〉
佐伯泰英　邪宗〈交代寄合伊那衆異聞〉
沢木耕太郎　一号線を北上せよ〈ヴェトナム街道編〉
坂元 純　ぼくのフェラーリ
里見 蘭／三田紀房／原作　小説ドラゴン桜〈カリスマ教師集結篇〉

里見 蘭／三田紀房／原作　小説ドラゴン桜〈挑戦！東大模試篇〉
佐藤友哉　フリッカー式〈鏡公彦にうってつけの殺人〉
司馬遼太郎　王城の護衛者
司馬遼太郎　俄《にわか》〈浪華遊侠伝〉
司馬遼太郎　妖怪
司馬遼太郎　尻《しり》啖《くら》え孫市
司馬遼太郎　真説宮本武蔵
司馬遼太郎　風の武士(上)(下)
司馬遼太郎　新装版 播磨灘物語 全四冊
司馬遼太郎　新装版 箱根の坂(上)(中)(下)
司馬遼太郎　新装版 アームストロング砲
司馬遼太郎　新装版 歳月(上)(下)
司馬遼太郎　新装版 おれは権現
司馬遼太郎　新装版 大坂侍
司馬遼太郎　新装版 北斗の人(上)(下)
司馬遼太郎　新装版 軍師二人
司馬遼太郎　新装版 真説宮本武蔵
司馬遼太郎　新装版 戦雲の夢
司馬遼太郎　新装版 最後の伊賀者

講談社文庫　目録

武　豊　この馬に聞いた！ フランス激闘編
武　豊　この馬に聞いた！ 炎の復活凱旋編
武　豊　この馬に聞いた！ 1番人気編
武　豊　この馬に聞いた！ 大外強襲編
武田　圭　南海楽園〈タヒチ、バリ、モルジブ……サーフィン二人旅〉
高橋直樹　湖賊の風
橘　蓮二　監修・高田文夫　大増補版おあとがよろしいようで〈東京寄席往来〉
多田容子　柳影
多田容子　やみとり屋
多田容子　女剣士・一子相伝の影
田島優子　女検事ほど面白い仕事はない
高田崇史　QED〈百人一首の呪〉
高田崇史　QED〈六歌仙の暗号〉
高田崇史　QED〈ベイカー街の問題〉
高田崇史　QED〈東照宮の怨〉
高田崇史　QED〈式の密室〉
高田崇史　QED〈竹取伝説〉
高田崇史　QED〈龍馬暗殺〉
高田崇史　試験に出るパズル〈千葉千波の事件日記〉

高田崇史　試験に敗けない密室〈千葉千波の事件日記〉
高田崇史　試験に出ないパズル〈千葉千波の事件日記〉
高田崇史　麿の酩酊事件簿〈花に舞〉
高田崇史　麿の酩酊事件簿〈月に酔〉
竹内玲子　笑うニューヨーク DELUXE
竹内玲子　笑うニューヨーク DYNAMITES
竹内玲子　笑うニューヨーク DANGER
竹内玲子　踊るニューヨーク Beauty Quest
団　鬼六　外道の女
立石勝規　田中角栄・真紀子の「税金逃走」
高野和明　13階段
高野和明　グレイヴディッガー
高野和明　K・Nの悲劇
高里椎奈　銀の檻を溶かして〈薬屋探偵妖綺談〉
高里椎奈　黄色い目をした猫の幸せ〈薬屋探偵妖綺談〉
高里椎奈　悪魔と詐欺師〈薬屋探偵妖綺談〉
高里椎奈　金糸雀《カナリア》が啼く夜〈薬屋探偵妖綺談〉
高里椎奈　緑陰の雨 灼けた月〈薬屋探偵妖綺談〉
大道珠貴　背く子

大道珠貴　ひさしぶりにさようなら
高橋　和　女流棋士
高木　徹　ドキュメント 戦争広告代理店〈情報操作とボスニア紛争〉
平安寿子　グッドラックららばい
高梨耕一郎　京都風の奏葬
高梨耕一郎　京都半木の道 桜雲の殺意
日明《たちもり》　恩《めぐみ》　それでも、警官は微笑《わら》う
多田克己　絵・京極夏彦　百鬼解読
竹内　真　じーさん武勇伝
たつみや章　ぼくの・稲荷山戦記
たつみや章　夜の神話
橘　もも　バックダンサーズ！
橘もも／三浦天紗子　百瀬しのぶ／田浦智美　サッド・ムービー
武田葉月　ドルジ 横綱・朝青龍の素顔
陳　舜臣　阿片戦争 全三冊
陳　舜臣　中国五千年 (上)(下)
陳　舜臣　中国の歴史 全七冊
陳　舜臣　小説十八史略 全六冊
陳　舜臣　琉球の風 全三冊

講談社文庫　目録

鳥羽亮　鱗光の剣〈深川群狼伝〉
鳥羽亮　蛮骨の剣
鳥羽亮　妖鬼の剣
鳥羽亮　秘剣鬼の骨
鳥羽亮　浮舟の剣
鳥羽亮　青江鬼丸夢想剣
鳥羽亮　双つ龍〈青江鬼丸夢想剣〉
鳥羽亮　吉宗謀殺〈青江鬼丸夢想剣〉
鳥羽亮　風来の剣
鳥羽亮　影笛の剣
鳥羽亮　波之助推理日記
鳥羽亮　からくり小僧〈波之助推理日記〉
鳥越碧　一葉
東郷隆　御町見役うずら伝右衛門(上)(下)
東郷隆　御町見役うずら伝右衛門・町あるき
東郷隆／上田信絵　【絵解き】戦国武士の合戦心得〈歴史・時代小説ファン必携〉
東郷隆／上田信絵　【絵解き】雑兵足軽たちの戦い〈歴史・時代小説ファン必携〉
戸田郁子　ソウルは今日も快晴〈日韓結婚物語〉
徳大寺有恒　間違いだらけの中古車選び

とみなが貴和　EDGE《エッジ》
とみなが貴和　EDGE2〈三月の誘拐者〉
東嶋和子　メロンパンの真実
夏樹静子　そして誰かいなくなった
夏樹静子　贈る証言〈弁護士朝吹里矢子〉
中井英夫　新装版虚無への供物(上)(下)
長尾三郎　人は50歳で何をなすべきか
長尾三郎　週刊誌血風録
南里征典　軽井沢絶頂夫人
南里征典　情事の契約
南里征典　寝室の蜜猟者
南里征典　魔性の淑女牝
南里征典　秘宴の紋章
中島らも　しりとりえっせい
中島らも　今夜、すべてのバーで
中島らも　白いメリーさん
中島らも　寝ずの番
中島らも　さかだち日記
中島らも　バンド・オブ・ザ・ナイト

中島らも　休みの国
中島らもほか　輝きの一瞬〈短くて心に残る30編〉
中島らも編・著　なにわのアホぢから
中島らも／チチ松村　らもチチ　わたしの半生〈青春篇〉〈中年篇〉
鳴海章　ニューナンブ
中嶋博行　検察捜査
中嶋博行　違法弁護
中嶋博行　司法戦争
中嶋博行　第一級殺人弁護
中村天風　運命を拓く〈天風瞑想録〉
夏坂健　ナイス・ボギー
中場利一　岸和田のカオルちゃん
中場利一　バラガキ〈土方歳三青春譜〉
中場利一　岸和田少年愚連隊
中場利一　岸和田少年愚連隊　血煙り純情篇
中場利一　岸和田少年愚連隊　望郷篇
中場利一　岸和田少年愚連隊　外伝
中場利一　岸和田少年愚連隊　完結篇
中場利一　スケバンのいた頃

講談社文庫　目録

講談社文庫　目録

日本推理作家協会編　どんでん返し〈ミステリー傑作選11〉
日本推理作家協会編　にぎやかな殺意〈ミステリー傑作選12〉
日本推理作家協会編　凶器は狂気〈ミステリー傑作選13〉
日本推理作家協会編　犯罪見本市〈ミステリー傑作選14〉
日本推理作家協会編　殺しのパフォーマンス〈ミステリー傑作選15〉
日本推理作家協会編　故意・悪意・殺意〈ミステリー傑作選16〉
日本推理作家協会編　とっておきの殺人〈ミステリー傑作選17〉
日本推理作家協会編　花には水、死者には愛〈ミステリー傑作選18〉
日本推理作家協会編　殺人者へのレクイエム〈ミステリー傑作選19〉
日本推理作家協会編　死者たちは眠らない〈ミステリー傑作選20〉
日本推理作家協会編　殺人はお好き？〈ミステリー傑作選21〉
日本推理作家協会編　二転・三転・大逆転〈ミステリー傑作選22〉
日本推理作家協会編　あざやかな結末〈ミステリー傑作選23〉
日本推理作家協会編　頭脳明晰、特技殺人〈ミステリー傑作選24〉
日本推理作家協会編　誰がための殺人〈ミステリー傑作選25〉
日本推理作家協会編　明日からは、殺人者〈ミステリー傑作選26〉
日本推理作家協会編　真犯人は安眠中〈ミステリー傑作選27〉
日本推理作家協会編　完全犯罪はお静かに〈ミステリー傑作選28〉
日本推理作家協会編　あの人の殺意〈ミステリー傑作選29〉

日本推理作家協会編　もうすぐ犯行記念日〈ミステリー傑作選30〉
日本推理作家協会編　死導者がいっぱい〈ミステリー傑作選31〉
日本推理作家協会編　殺人前線北上中〈ミステリー傑作選32〉
日本推理作家協会編　犯行現場にもう一度〈ミステリー傑作選33〉
日本推理作家協会編　殺人博物館へようこそ〈ミステリー傑作選34〉
日本推理作家協会編　どたん場で大逆転〈ミステリー傑作選35〉
日本推理作家協会編　殺ったのは誰だ!?〈ミステリー傑作選36〉
日本推理作家協会編　殺人哀モード〈ミステリー傑作選37〉
日本推理作家協会編　殺人者〈ミステリー傑作選38〉
日本推理作家協会編　完全犯罪証明書〈ミステリー傑作選39〉
日本推理作家協会編　密室＋アリバイ＝真犯人〈ミステリー傑作選40〉
日本推理作家協会編　殺人買います〈ミステリー傑作選41〉
日本推理作家協会編　罪深き者に罰を〈ミステリー傑作選42〉
日本推理作家協会編　嘘つきは殺人のはじまり〈ミステリー傑作選43〉
日本推理作家協会編　終日犯罪〈ミステリー傑作選44〉
日本推理作家協会編　殺人作法〈ミステリー傑作選45〉
日本推理作家協会編　零時の犯罪予報〈ミステリー傑作選46〉
日本推理作家協会編　トリック・ミュージアム〈ミステリー傑作選〉
日本推理作家協会編　殺人の教室〈ミステリー傑作選〉

日本推理作家協会編　殺人格差〈ミステリー傑作選〉
日本推理作家協会編　1ダースの殺意〈ミステリー傑作選・特別編1〉
日本推理作家協会編　殺しのルート13〈ミステリー傑作選・特別編2〉
日本推理作家協会編　真夏の夜の悪夢〈ミステリー傑作選・特別編3〉
日本推理作家協会編　57人の見知らぬ乗客〈ミステリー傑作選・特別編4〉
日本推理作家協会編　自選ショート・ミステリー〈ミステリー傑作選・特別編5〉
日本推理作家協会編　自選ショート・ミステリー2〈ミステリー傑作選・特別編6〉
日本推理作家協会編　謎 001〈東野圭吾選スペシャル・ブレンド・ミステリー〉
西村玲子　玲子さんの好きなものに出合う旅
西村玲子　玲子さんのラクラク手作り教室
二階堂黎人　地獄の奇術師
二階堂黎人　聖アウスラ修道院の惨劇
二階堂黎人　ユリ迷宮
二階堂黎人　吸血の家
二階堂黎人　私が捜した少年
二階堂黎人　クロへの長い道
二階堂黎人　名探偵水乃サトルの大冒険
二階堂黎人　名探偵の肖像
二階堂黎人　悪魔のラビリンス

講談社文庫　目録

二階堂黎人　増加博士と目減卿
二階堂黎人編　密室殺人大百科(上)(下)
西澤保彦　解体諸因
西澤保彦　完全無欠の名探偵
西澤保彦　七回死んだ男
西澤保彦　殺意の集う夜
西澤保彦　人格転移の殺人
西澤保彦　麦酒《ばくしゅ》の家の冒険
西澤保彦　幻惑密室
西澤保彦　実況中死
西澤保彦　念力密室！
西澤保彦　夢幻巡礼
西澤保彦　転・送・密・室
西澤保彦　人形幻戯
西澤保彦　ファンタズム
西村　健　ビンゴ
西村　健　脱出 GETAWAY
西村　健　突破 BREAK
西村　健　劫火1 ビンゴR《リターンズ》
西村　健　劫火2 大脱出
西村　健　劫火3 突破再び
楡　周平　青狼記(上)(下)
西村　滋　お菓子放浪記
貫井徳郎　修羅の終わり
貫井徳郎　鬼流殺生祭
貫井徳郎　妖奇切断譜
貫井徳郎　被害者は誰？
法月綸太郎　密閉教室
法月綸太郎　雪密室
法月綸太郎　誰《たそ》彼《がれ》
法月綸太郎　頼子のために
法月綸太郎　ふたたび赤い悪夢
法月綸太郎　法月綸太郎の冒険
法月綸太郎　法月綸太郎の新冒険
法月綸太郎　法月綸太郎の功績
乃南アサ　鍵
乃南アサ　ライン
乃南アサ　窓
乃南アサ　不発弾
野口悠紀雄　「超」勉強法
野口悠紀雄　「超」勉強法・実践編
野口悠紀雄　「超」発想法
野口悠紀雄　「超」英語法
野沢　尚　破線のマリス
野沢　尚　リミット
野沢　尚　呼《よ》人《ひと》
野沢　尚　深紅
野沢　尚　砦なき者
野沢　尚　魔笛
野口武彦　幕末気分
半村　良　飛雲城伝説
原田泰治　わたしの信州
原田泰治 原田武雄　泰治が歩く〈原田泰治の物語〉
原田康子　海霧(上)(中)(下)
林　真理子　星に願いを
林　真理子　テネシーワルツ
林　真理子　幕はおりたのだろうか

講談社文庫　目録